AF436593

FRANCA CANITELLA

IO, FANNY GRUNT

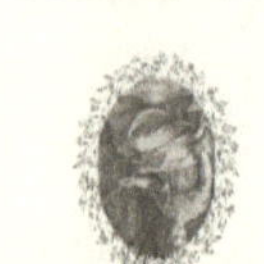

Direzione editoriale a cura di Grazia Velvet Capone
Editing Irene Salidu
Progetto e Grafica: Grazia Velvet Capone

979- 1281625- 20- 4

*A tutte le donne di ogni era
di ogni cultura di ogni credo
che, nel silenzio o nel clamore,
hanno profumato di buono il mondo.*
F.C.

PROLOGO

Pippo è un cane, un trovatello abbandonato tra i rifiuti insieme a tutta la cucciolata. Non conosco altro dei suoi primi mesi di vita. Ne aveva circa quattro, quando è arrivato in stallo da me con due dei suoi fratelli, di cui uno è stato adottato e l'altro è morto per gastroenterite fulminante. Lo stesso Pippo ne è stato vittima, ma il destino è stato benevolo con lui, è sopravvissuto. Non ho mai amato vedere cani chiusi in recinti ristretti, dunque, quando posso, apro ogni cancello. Abolirei volentieri ogni genere di gabbia, ma sono cosciente del fatto che non è possibile.

A casa ho alcuni cani liberi, trovatelli anch'essi: vivono con me da anni e potrebbero attaccare altri cani che gironzolano nel loro territorio; ovviamente bisogna fare attenzione per evitare risse.

Chi abita in campagna spesso si ritrova con cani abbandonati nelle vicinanze, o giunti attraverso un estenuante percorso. Molti di loro sono traumatizzati dall'abbandono, dalle violenze subite, quindi, fortemente delusi dagli umani.

Ottenere la loro fiducia è spesso un cammino lento e paziente.

Quando mi assicurai che i miei cani non fossero un pericolo per Pippo, lasciai la porta del suo recinto aperta in modo che potesse entrare e uscire a suo piacimento. Io restavo a osservare il suo comportamento. Per alcuni giorni non uscì dal recinto che lo ospitava da quasi un anno, anzi quella novità lo rendeva piuttosto diffidente. Dopo qualche giorno però, lo vidi gironzolare timidamente con i miei cani. Quando mi vedeva, scappava velocemente, tornando nel recinto. A distanza di qualche settimana si avvicinava a me con cautela e si faceva accarezzare con diffidenza, ma restava il fatto che si sentiva protetto solo all'interno del suo recinto. Decisi di tirare fuori la cuccia e le ciotole per il cibo e per l'acqua. Volevo che capisse che era un cane libero. Nessuno lo aveva adottato nell'arco di un anno e i cani difficilmente vengono scelti quando non sono più dei cuccioli; io oramai ero attratta dal suo sguardo triste e nocciola e lui si era integrato magnificamente con gli altri miei cani, per cui poteva restare libero nel più ampio spazio dell'intera campagna.

Beveva, mangiava, tornava nel recinto. Pippo aveva paura di essere libero. Decisi di chiudere la porta del recinto e lasciarlo fuori. Quel meticcio di maremmano bianco come la neve si accasciò dietro quella porta e restò lì, senza toccare cibo.

Avevo perso anche quella minima fiducia conquistata.

Mi chiedevo come fosse possibile che non amasse vivere in libertà. I suoi occhi nocciola quasi umani mi trasmettevano una infinita tristezza mista a paura. Se mi avvicinavo scappava. Di tanto in tanto giocava con gli altri cani, ma i suoi timori restavano, sembrava vinto dalle sue paure, che in qualche modo gli impedivano di godere del suo stato attuale. Aveva finalmente casa, cibo, amore, libertà, eppure era vinto dalla paura.

La vera gabbia era la paura. La tristezza trapelava tutta dal suo sguardo. Riaprii il cancello del recinto. Si rianimò, pur restando estremamente diffidente. Comunque, lasciai il cancello aperto. Riprese il suo cammino di fiducia nei miei riguardi. Io volevo che lui capisse che era un cane libero, ma sono stata io a dover capire che la benevolenza non entra facilmente in animi dilaniati. La diffidenza nata dalle delusioni prende il sopravvento. Nel breve percorso della sua vita gli avevano inculcato, più di ogni altra cosa, la diffidenza. Paura di vivere. Paura della libertà. Mi resi conto, dunque, che Pippo aveva bisogno di tempo. Ognuno ha bisogno del proprio tempo per abbattere i tarli che si trascina. La maggior parte dei miei cani viene da storie di abbandono. Anche per essere cani ci vuole fortuna. C'è chi cresce al caldo, amato, curato e muore con la sua famiglia e c'è chi, amato e coccolato per pochi mesi, viene poi gettato come un giocattolo rotto.

Oggi Pippo è un cane sereno, ha imparato a convivere con le sue paure e ha capito che gli esseri umani non sono tutti uguali.

I suoi occhi brillano di luce nuova.

Finalmente ha conquistato la libertà.

SONO FRAMMENTI I MIEI RICORDI

«Salve! Cosa la porta qui? Questa è una strada che si percorre solo per venire da me. Non può essersi persa! Neppure trovarsi di passaggio!»

È un omone, seduto su un grande masso accanto a una quercia posta sul bordo di una strada sferrata, a parlare. Seguo con lo sguardo il tracciato di tutta la via: ha ragione, è una strada che si percorre esclusivamente per dirigersi al casolare, che adesso ho bene in vista dinanzi a me.

Accanto all'uomo, a cui di primo acchito non so dare un'età, ci sono due meticci tranquillamente appisolati. Alla mia vista non abbaiano: uno è un maremmano, bianco a pelo lungo, il naso nero e le orecchie penzoloni; ha un aspetto assonnato, alza lievemente la testa e dopo avermi dato un'occhiata torna alla sua posizione iniziale. L'altro sembra un pastore tedesco, si è alzato per mettersi a sedere accanto al suo padrone, è vigile, quasi a volermi interrogare ancor prima dell'uomo, ma non abbaia neppure lui.

I cani hanno intuìto che non sono un pericolo per il loro padrone. Qui è tutto molto quieto e calmo. Sì, una sensazione di pace e silenzio sovrasta tutta questa zona. Spengo l'auto e l'armonia del silenzio regna completamente. Indirizzo lo sguardo verso la direzione cui l'uomo era assorto poco prima che attirassi la sua attenzione: la vista è di una vasta murgia delineata di tanto in tanto da muretti di pietra semi caduti e poi da arbusti e cespugli. Solo alla vista di questo paesaggio, mi rendo conto di aver percorso parecchia strada in salita. Dall'alto osservo l'orizzonte che termina con l'unione di un cielo pallido e i colori sfumati di questa terra.

«Non li tema, non sono cattivi» mi dice ancora l'uomo, riferendosi ai cani.

«Buonasera. Non ho paura. Anche se i suoi sono così grandi! Confesso che un po' di timore me lo procurano. Posso scendere dall'auto?» Non so ancora perché sono arrivata fin qui. Vorrei andare via, tornare indietro, abbandonare quella che ora mi sembra una stupida decisione, ma oramai ci sono e tra un po' si fa sera.

«Federico, un amico di vecchia data, mi ha spesso parlato di questo luogo, incuriosendomi. Stamattina ho deciso di mettermi in viaggio ed eccomi qui».

«Bene. Conosco molto bene Federico e so con quanto entusiasmo parla di questa terra. Meglio se parcheggia l'auto nel capanno. Lo trova dietro il casolare. Vada, segua il sentiero. Io, arrivo subito».

Rimetto in moto e mi dirigo al casolare, vado piano, sto attenta perché la zona è trafficata da galline, pollastre e un gallo enorme, nero con la cresta rosso fuoco; sono pedoni educati, si scansano al mio passare, tranne il gallo che si ferma al centro del percorso e sembra che mi fissi quasi a volermi sfidare. Per fortuna mi trovo in macchina! Allora suono il clacson, lo risuono con insistenza, il gallo resta immobile, quindi apro il finestrino e fuoriesco la testa.

«Sciò... sciò... gallo, spostati!»

Continua a fissarmi e anche io lo guardo dritto negli occhi: sembrano palline di fuoco; dopo poco si sposta.

Dallo specchio retrovisore osservo l'uomo: è rimasto seduto, ha girato il capo e, sotto la folta e lunga barba non del tutto bianca, accenna a un sorriso quasi divertito, che mi snerva.

Proseguo per il sentiero tracciato, oltrepasso un massiccio cancello di ferro che non lascia vedere nulla al suo interno. Vado oltre il casolare, che è più grande di quello che mi era apparso all'entrata. Il capanno in realtà è un pergolato di lamiera, dove è parcheggiato un vecchio furgone; al suo fianco, poco distante, una pila di legna ben tagliata, accatastata in modo regolare e a seguire un ammasso di frasche. C'è molto spazio, il pergolato chiude il retro del casolare come una L capovolta, lasciando un ampio cortile al centro. Scendo dall'auto e aspetto che l'uomo mi raggiunga. «Ho sistemato qui l'auto. Spero che vada bene!» Muove il capo in segno di beneplacito.

«Non mi sono presentata... sono Fanny Grunt. Lei deve essere il signor Romolo».

«Sì signorina, sono Romolo. Le faccio vedere la stanza dove può sistemarsi» si esprime con tono garbato, ma distaccato. «Grazie signor Romolo».

Non mi risponde, mi appare anche un po' contrariato, osserva il borsone con le poche cose che mi sono portata dietro. La mia intenzione è di rimanere pochi giorni. Ho preso indumenti per oltre una settimana, come faccio di solito quando mi sposto, perché in realtà non so mai con esattezza per quanto tempo resto fuori. Mi toglie il borsone dalle mani, i suoi sono modi rudi, ma nascondono una forma di galanteria. È questa, l'impressione che mi dà. Attraversiamo il cortile, la prima cosa che mi attrae è un grande fico, che nasce a un angolo, all'estremità del casolare. È enorme, i suoi rami si diramano spaziosi, al di sotto c'è una panca di legno, un ottimo posto per chi vuole godersi il fresco in una giornata di afa. Il casolare è ricco di finestre: almeno otto, dal lato che osservo. È stato tinteggiato di bianco, ma è evidente che è un lavoro fatto alla buona e non da persona competente, perché di bianco è tinta anche la parte dove l'intonaco è venuto via, ma l'aspetto nel complesso è pulito. Ci sono quattro porte che portano all'interno del casolare.

Romolo entra nella prima, quella vicino al fico e mi fa cenno di seguirlo. Gatti di svariate dimensioni e colori sono appisolati, acquattati, tranquilli e incuranti del nostro passaggio. Riesco a contarne quattro, ma sono certamente di più; altri scappano via per nascondersi. Ai due cani si sono uniti due cuccioli, uno morde la coda del maremmano, che è steso vicino alla panca, l'altro segue Romolo, che lo ammonisce affinché non entri in casa e aspetti fuori. Il portone è di legno scorticato dall'usura; prima di chiuderlo, Romolo apre i battenti di una finestra per fare luce. Nell'aria c'è tanfo di cenere. Con quella tenue luce s'intravede una grande stanza quasi del tutto vuota, solo un grande tavolo rettangolare con due panche sistemate ai lati più lunghi. C'è il camino, è spento, da una parte un quattro fuochi e il lavandino dalla parte opposta. Sistemata accanto alla finestra, poco distante, c'è una credenza verde, molto carina, che si scontra con quell'ambiente fatto di essenziale, ma dà un tocco di romanticismo alla camera spenta e triste. Sulla parte opposta, una scalinata. «Venga, le faccio vedere la sua stanza, dopo accendo il camino, per riscaldare un po' l'ambiente, non aspettavo nessuno». Saliamo per l'unica rampa della scalinata.

Sul lungo ballatoio emergono tre porte in legno, verniciate di bianco.

Sono chiuse. Entriamo nella prima.

«Ecco questa è la camera dove può sistemarsi. Nell'armadio trova cuscini, lenzuola e coperte. In quel tiretto del comodino ci sono delle candele e fiammiferi».

«Candele?»

«Non c'è elettricità! Vado a prendere della legna e accendo il camino. Prima che cali la sera».

Come? Non c'è elettricità? Resto strabiliata. Non riesco a dire nulla a quell'omone di nome Romolo. Sembra che mi stia facendo un favore, andando a prendere della legna. In realtà mi sta facendo una cortesia, sono io che ho deciso stamattina di arrivare fin qui. Non so neppure perché. Bene. Devo stare calma. Mi guardo intorno. Il letto mi sembra comodo, prendo le lenzuola, due cuscini e una coperta dall'armadio. Annuso tutto. Non c'è odore, mi sembra pulito. Preparo il letto. Metto il mio borsone nell'armadio. Guardo la borsa con il portatile e spero che la batteria abbia una buona autonomia.

Da tempo avrei dovuto cambiarla, ma non l'ho fatto. Mi tranquillizzo subito, con me ho i cavi per caricarlo in macchina, lo stesso vale per il cellulare. Impensabile, che mi trovi in una casa che non conosco con uno sconosciuto, senza elettricità e, quel che è peggio, che sia stata io a cacciarmi in questa situazione. È che ho bisogno di stare sola. Certo, avrei potuto chiudermi in casa, staccare il telefono, spegnere il cellulare e ignorare tutto. Non sarebbe stato lo stesso. Casa mia mi sta stretta o troppo larga. È di questo, che ora ho bisogno. Ho solo seguito il mio istinto e mi ha condotto fin qui. Talvolta è meglio abbandonare la ragione e seguire l'istinto. L'ho sempre fatto, anche se mi è costato impormi delle scelte, pagando ogni sorta di conseguenze. Appunto! Questa volta avrei dovuto ragionarci di più. Sento rumori che provengono da giù. Decido di scendere.

Romolo ha acceso il camino e sta sistemando una poltroncina. Mi rivolge lo sguardo che ora mi sembra protettivo.

«Ho portato questa» mi indica la poltroncina. «Nel caso voglia stare vicino al camino».

«Grazie!»

Non ho ancora capito se il mio arrivo ha dato noia o no a quest'uomo che ora mi sembra anche meno burbero.

«Il bagno è lì, in fondo». Mi indica con la testa e con il braccio una porticina posta sotto la rampa della scala, come se stesse prendendo la mira impugnando un'arma. Accenno a un sorriso per manifestare che ho inteso. «Spero che i gatti non la infastidiscano. Sono docili, vogliono stare in compagnia e darne. Gli animali hanno un istinto perspicace per natura e i gatti, seppure diffidenti, l'hanno maggiormente sviluppato rispetto ad altri animali. Si avvicinano se avvertono un animo nobile. «No, non mi danno fastidio» rispondo osservando con dolcezza i due gatti che gironzolano ora intorno a me e ora intorno a lui, mentre sistema della legna in una cesta al lato del camino. «La bombola del gas è chiusa, ricordi di chiuderla sempre» si raccomanda indicando la cucina. «In quella credenza trova utensili vari. Questa legna può bastare. Torno subito, signorina».

Romolo esce, i gatti lo seguono, con lo stesso suo mite andamento. La legna scoppietta e lancia scintille di varie dimensioni che si depositano sulla brace ardente, sono avvolta da un piacevole calore e da un profumo di legna infuocata che si diffonde in tutto l'ambiente. La mia mente riesce a liberarsi da ogni pensiero mentre scruto il nascere, dalla viva brace, delle dorate fiamme che danzano, elevandosi verso l'alto.

Romolo apre il portone che echeggia assordante, stridulo, e mi distoglie dalla scena che ha catturato il mio interesse. Ha con sé una borsa di tela, che poggia sul tavolo e da cui tira fuori alcune bottiglie di acqua, una confezione di latte, biscotti secchi, altre vivande. «Mi sono permesso di portarle il necessario. Magari domani se vuole parliamo un po', buonasera, signorina!»

«Grazie. Buonasera».

Torno a fissare il fuoco che continua a scoppiettare, mentre mi chiedo come Romolo possa vivere così distante, isolato.

Potrei impazzire restando a lungo qui, è la mia riflessione. Resto immobile con i miei pensieri vaganti, aspettando che arrivi il coraggio per muovermi dalla posizione che ho assunto e da cui ora non riesco a spostarmi. Vorrei andare in bagno, mi torna in mente che ho lasciato il cellulare su, in camera, nella borsa, magari suona e devo salire necessariamente, ma il cellulare non suona e la paura mi blocca. Distolgo lo sguardo dal fuoco, la stanza mi appare più scura, osservo in direzione della porta del bagno, la fioca luce nata dalle fiamme del camino crea ombre in movimento. La mia fantasia potenziata dalla paura produce delle immagini, so bene che è così. Non c'è nessuno. Me lo ripeto anche quando sento un rumore, uno scricchiolio forse un topo o, peggio, scarafaggi. Una schiera di scarafaggi in fila vuole assalirmi.

"Non c'è nulla di tutto questo" mi ripeto a bassa voce.

Mi alzo e mi dirigo verso il bagno appoggiando con forza i piedi a terra, prima il sinistro poi il destro, un modo improvvisato e del tutto personale che mi tranquillizza, dandomi l'illusione che così facendo gli scarafaggi vadano via. Ogni volta che poggio un piede sul pavimento, spero di non sentire alcun rumore. Non voglio ucciderli. Non voglio che accada. Che stiano lontano da me, per i fatti loro. Il panico mi assale. Giungo in bagno. Non ho schiacciato nulla, nessuno scarafaggio. Torno in direzione del camino, sono più veloce, ora, nei passi e nei movimenti, metto altra legna, mi comporto come ho visto fare da Romolo, metto un pezzo grande e altri più piccoli.

Con più legna che arde c'è più luce, mi sto abituando ai giochi delle ombre create dal fuoco. Decido di salire in camera, mi muovo con passi sempre più veloci, ma insicuri. Qui c'è buio, per fortuna intravedo la porta della camera, sono sull'uscio e vedo la finestra: fa da cornice a un pezzo di cielo stellato che dona una lieve luce alla stanza. Cerco il cellulare a tentoni nella borsa, mentre penso che stranamente non ho ricevuto nessuna chiamata; lo trovo, lo afferro, l'osservo, è acceso, ma non c'è campo. Lo uso come torcia. Mi tolgo le scarpe e m'infilo sotto le coperte con tutti gli abiti. È la prima volta che uso il mio cellulare con varie funzioni e applicazioni come una torcia, applicazione mai usata prima d'ora, è l'unica cosa che mi torna comoda. Non c'è campo, né per chiamare, né per navigare su internet. Non ho chiuso la porta della camera. Spengo il cellulare. Preferisco così. Se guardo a destra, ho la luce del cielo in cornice, che sembra l'anticamera del paradiso di notte.

"Ma c'è la notte in paradiso?" Mi chiedo.

Se guardo a sinistra, la luce che proviene dalla porta è quella delle fiamme del camino. È spontanea una riflessione. Il barlume proveniente dalla porta non sembra giorno né notte. Ho una certezza: nell'inferno non c'è il giorno né la notte, il tempo che scorre è sempre dello stesso colore. In paradiso sicuramente i colori variano. Io sono al centro. Forse in purgatorio. Devo decidere se varcare la porta più comoda e larga o scavalcare la finestra più stretta e difficoltosa. Ipotizzo che mi venga chiesto se voglio andare in paradiso o all'inferno, la risposta dovrebbe essere chiara e certa: in paradiso.

Ora so che per andare in paradiso bisogna passare dalla finestra, che è alta, e potrei cadere... È difficile rispondere subito. Ho paura. Uscendo dalla porta sceglierei l'inferno, ma penso di potere escogitare il modo di evitarlo. Sono stesa sotto le coperte, di cui sento il calore, ma anche il peso.

Osservando gli scherzi delle forme che il buio crea sul soffitto faccio questa inconsueta valutazione: è difficile vincere la paura ed è più facile pensare di trovare una soluzione fittizia. Comunque, la via per l'inferno è più comoda. Chiudo gli occhi, vorrei poter dormire e non avere pensieri, ma ne ho tanti, indefiniti, accavallati, senza un ordine. Ho fantasmi da combattere dentro e fuori me. Apro gli occhi ed è peggio, perché ora mi sembra di vedere nel buio e di sentire nel silenzio. Non vorrei essere sola. Le lacrime scendono senza alcun apparente invito e sono le più amare. Tutta la mia vita scorre attraverso queste lacrime che nulla dissolvono. Che nulla hanno mai allontanato.

«Buonanotte cara. Fa' sogni d'oro».

«Buonanotte mamma».

Non dissi altro, avevo intuito che qualcosa non andava come avrebbe dovuto. Non chiesi più dove fosse papà. Era la prima volta che mancava alla festa del mio compleanno.

«Mamma, perché papà non c'è?» A quella domanda gli adulti si guardarono tra loro in modo ambiguo, come se ognuno cercasse la risposta dall'altro. La mattina papà aveva messo il suo regalo sulla scrivania della mia cameretta, bene in vista, in modo che, appena sveglia, mi saltasse subito agli occhi. Erano dei pattini stupendi, che sognavo da qualche tempo. Pattinare era la mia passione. Lo chiamai subito, per ringraziarlo. Mi promise che la domenica successiva sarebbe venuto con la mamma al mio saggio di pattinaggio artistico e che sarebbe tornato in serata per la mia festa.

Non ho più voluto vedere quei pattini, non ho più fatto quel saggio, non ho mai più pattinato.

Aspettavo per spegnere le dodici candeline, mi guardavo intorno, attendevo che spalancasse la porta e arrivasse per stringermi tra le sue braccia, dove mi sentivo protetta. La mamma guardava lo zio Oscar, fratello maggiore di papà, che a sua volta rivolgeva lo sguardo a zia Carla, sua moglie, la quale premurosa mi prese tra le braccia.

«Cara, lo sai che babbo occupa un incarico di responsabilità... è stato chiamato con urgenza, sperava di arrivare per il taglio della torta, ma è evidente che non è stato possibile». Mi limitai a guardarla. Le mie amiche cominciarono a intonare: *Tanti auguri a te... tanti auguri a te!* ...

Spensi le candele, mi stringevano e mi baciavano per augurarmi ancora una volta buon compleanno. La mamma e la nonna paterna, Adelaide, avevano gli occhi lucidi. Pensai che fossero emozionate, non sapevo ancora quello che loro stavano vivendo.

Con il tempo compresi che quegli occhi erano lucidi e arrossati per il dolore che trattenevano dinanzi a me.

La stessa sera, quando tutti gli ospiti, tranne i parenti, furono andati via e io ero a letto nella mia camera, udii il telefono che squillava e mamma che urlò il nome di papà e poi... singhiozzi.

Non volevo ascoltare quel pianto che diventò un coro sempre più assordante. Tuffai la testa sotto il cuscino e piansi anch'io. Non sapevo perché, ma sentivo dentro di avere un dolore grande per cui piangere. Non ricordo quanto tempo rimasi ad ascoltare la mamma piangere. Qualcuno aprì la porta della mia camera, mi sforzai di ingoiare i miei singhiozzi, per non fare il minimo rumore. Riuscii a ingannare quel qualcuno, che richiuse la porta credendo che fossi addormentata. Intanto continuavo a ripetermi: *"È un sogno, sto sognando, tra poco mi sveglio e tutto andrà bene."*

Continuavo a sentire come un lontano sottofondo, il pianto che arrivava attraverso la porta e il muro e trapassava persino il cuscino. Oppure era un'eco, rimasto sospeso nei miei timpani, o forse erano i miei stessi singhiozzi. Non ricordo per quanto tempo restai così, ferma, con la testa sotto il cuscino in quel doloroso silenzio. Forse tutta la notte. Sono frammenti, i miei ricordi. Frammenti che ho messo insieme negli anni.

Il mattino seguente, io e la mamma accompagnate dallo zio Oscar lasciammo quella casa. Fu la zia Carla a comunicarmi che per un po' di giorni, sarei andata con la mamma dalla nonna Maria: lei abitava parecchio lontano da dove ero nata. Sono stata una bambina introversa, silenziosa, poco capricciosa, facevo quello che mi veniva chiesto di fare, senza oppormi e senza porre domande. Osservavo silenziosa la zia fare le valigie. Svuotò completamente l'armadio, i tiretti, prese ogni cosa, fu un vero e proprio trasloco, per cui sapevo che quella visita non sarebbe stata "per qualche giorno." Sentivo tanta tristezza invadere il mio cuore, nel vedere le valigie con i miei vestiti e quelli della mamma. La mamma mi stringeva forte senza dire nulla, se non frasi che già allora, nonostante la mia giovane età, mi apparivano stupide, maledettamente stupide.

«Va tutto bene. Vedrai, dalla nonna trascorreremo giorni fantastici. Ci sono i cuginetti che ti aspettano».

Mi limitavo a guardarla, non osavo dire nulla. La mamma parlava con me, ma era evidente che cercava un conforto anche per se stessa: voleva credere alle parole che mi offriva. Aveva un aspetto che non ho dimenticato e mai potrei.

Il dolore segna fortemente anche il corpo.

In un solo giorno la mamma era invecchiata di anni.

È LUNGA QUESTA NOTTE

Fu un viaggio silenzioso e triste, che ci condusse a una nuova vita, senza mio padre, senza le mie amiche, i miei insegnanti, la mia casa. Da un giorno all'altro il mio modo di vivere cambiò totalmente. Ovviamente capii subito che papà era morto, fui presto informata che la causa della morte era stato un infarto, non che ci avessi creduto, ma per evitare altre sofferenze alla mamma fingevo di crederci. Mia madre, dopo la perdita del suo uomo cessò di vivere trascinandosi malamente solo perché doveva. Neppure la mia presenza le dava modo di reagire. Non era mai presente nella mia vita scolastica o in qualsiasi altra attività che svolgevo. Delegava la nonna, gli zii.

Dopo qualche anno, alle superiori, fu una mia amica di classe a dirmi che mio padre si era suicidato. Mi raccontò che era coinvolto in un fattaccio di prostituzione di minorenni. Non sopportando lo scandalo, si era tolto la vita.

«Perché fai quella faccia? Tu non hai colpa se tuo padre era un mascalzone» mi disse. Restai pietrificata, ma reagii.

«Mio padre non era un mascalzone. Sbagli persona» fu la mia risposta. Non chiesi nulla in famiglia.

Feci delle ricerche su internet per conto mio usando furtivamente il computer di mio zio, non mi era ancora concesso di poterlo usare da sola, ma sapevo come fare.

Lessi innumerevoli articoli sul caso.

La mia amica di banco aveva ragione. Il generale Martin Grunt fu trovato morto in una camera d'albergo con un proiettile alla tempia, partito dalla sua pistola d'ordinanza. Riverso sul letto, il corpo non aveva alcun segno di violenza o percossa, solo dei segni irrilevanti sui polsi di entrambi le mani, attribuiti da subito a qualche gioco sessuale perverso.

Sul letto, foto di minorenni nudi e una lettera scritta da mio padre in cui spiegava i motivi del gesto.

Era questo il sunto di tutti gli articoli che lessi.

Cambiai scuola. Cambiai amiche. Cambiai atteggiamento. Mi vergognavo. Mia madre, pensando di aiutarmi, invitava sempre più spesso a casa una psicologa amica di famiglia, sentendosi così appagata in ogni altra incombenza. Sicuramente, se avesse parlato liberamente, se avesse raccontato quello che sapeva o pensava, mi avrebbe aiutata. Se almeno avesse tentato di dirmi qualche parola, avrei detto il resto. Ma nulla. La mamma non ha mai parlato di nulla. Certo, anch'io avrei potuto chiedere qualcosa in più, aiutandola a venirmi incontro. Sono diventata sempre più scontrosa nei suoi riguardi. Lei era la madre e un figlio si aspetta di più da una madre. Un figlio si aspetta una parola in più da una madre, non il silenzio. La pensavo così, allora. Il suo silenzio per me era un'ulteriore condanna verso l'uomo che era mio padre. Meglio sarebbe stato se, almeno dinanzi a me, lo avesse condannato. Invece nulla. Nessuna parola di difesa, nessuna di condanna. Il suo silenzio ha alimentato il mio nei suoi riguardi, allontanandomi sempre più da lei, mia madre. Sono andata a vivere per conto mio appena ho potuto, allontanandomi da quel posto che ho sempre odiato, in cui mi sono da sempre sentita un'ospite sgradita. Dieci anni dopo, il caso fu riaperto grazie all'insistenza dello zio Oscar, unico infuriato e accanito difensore dell'innocenza di papà con altri pochi suoi colleghi. Ci vollero altri quattro anni per giungere alla verità. Mio padre fu scagionato da ogni accusa inerente al coinvolgimento della tratta dei minori.

Era stato ucciso ed era stato simulato un suicidio da ignoti. Stava lavorando per smantellare un traffico internazionale di minorenni da avviare alla prostituzione. Le indagini erano giunte a un buon punto. Lui sapeva di essere in pericolo di vita, tanto che aveva consegnato documenti importanti a un amico d'infanzia, intimo e fidato, che avrebbe dovuto esibirli a persone competenti, nel caso gli fosse accaduto qualcosa di brutto. L'amico, purtroppo, morì in un controverso incidente stradale, nello stesso periodo della morte di mio padre. Fu il figlio di quest'ultimo che, dopo qualche tempo, trovò i documenti affidati al padre. Grazie a quei documenti, un grosso giro di prostituzione internazionale fu smantellato e annientato con numerosi arresti, tra i quali nomi illustri.
Questi sono gli eventi di cui la mia famiglia fu messa a conoscenza dalle autorità, solo dopo che mio padre fu scagionato da ogni accusa. Non era un mascalzone, il mio papà era un grande uomo. È stata innalzata una targa in suo onore sulla via dell'albergo dove fu trovato morto. La mamma ha continuato a vivere nel silenzio, la verità a nulla è servita per rincuorarla, probabile che il suo cuore l'abbia sempre saputa, come anche il mio.

Nessuna verità può ridare quindici anni di vita vissuta in quel modo e soprattutto non ci avrebbe ridato mio padre, ucciso e infangato per seguire l'alto senso del dovere. Ormai è da qualche tempo che non ricordo neppure i suoi lineamenti, il suo viso è sempre più sfocato, ma ricordo la stretta dei suoi abbracci e i suoi denti bianchi messi in evidenza nell'esplosione dei suoi sorrisi. Ricordi indelebili nel tempo; è tutto quello che mi resta di lui.

È lunga, questa notte.

Nel dormiveglia dei miei ricordi vorrei assopirmi, ma ora cerco i più belli, non ne trovo, inizio a pensare di non averne, sono figli del futuro. L'armadio scricchiola e, quasi a volermi ammonire sulle ultime riflessioni, la mente mi porta a nonna Adelaide, quando mi raccontava della fata della casa.

«Ogni casa ha la sua fata» mi diceva. «Quando senti un rumore inconsueto che proviene da un mobile o dal soffitto, non temere, è il saluto della fata della casa, tu ricambia, sorridendo».

Ho trovato! Dolce ricordo della nonna che giunge come una carezza e m'incoraggia strappandomi un sorriso.

Mi alzo, tiro a me la coperta e mi ci avvolgo, sento così una sensazione di protezione, mi avvicino alla finestra, cerco di aprirla, ci riesco. Il cielo è stellato con una luminosa luna piena. Respiro aria pulita, fresca e pungente.

C'è silenzio. Un silenzio a me sconosciuto. Non tutti i silenzi sono uguali, questo è sovrano. Mi cattura e non lo temo. Non temo neppure questa notte fonda che si estende lungo tutta la mia vista, mi sento vigilata dalle stelle che lampeggiano a tratti e dalla luna, che stanotte è anche il mio sole. Ho un tenue brivido di freddo, chiudo la finestra e torno a letto. Sono stanca, ma non riesco ad addormentarmi. La mia mente è attiva e vuole, ora, giudicare il mio vissuto. Per l'età raggiunta, ho fatto ben poco della mia vita, certo ho il primato per aver accumulato rancori e rabbia. Ho svolto lavori precari. Non sono riuscita a tenere in piedi una relazione. Non ho portato a termine gli studi e non ho coltivato le mie passioni. Amavo dipingere, scrivere. Mi sono persa. Mi sento persa. Mi sento vuota, colma di vuoto e forse non solo per avversità della sorte, oppure sì.

No. Non devo commiserarmi, ma impegnarmi.
Impegnarmi a uscire da questa situazione. Impegnarmi a rinascere dalle macerie. Macerie che devo trasformare in elementi vitali per costruire il mio futuro, e non massa sotto cui soccombere. Il passato mi ha già fatto abbastanza male, non posso permettere che me ne faccia ancora. Devo reagire. Questa volta devo emergere, da sola, senza appoggiarmi o aggrapparmi a qualcuno, poiché nessuno può tirarmi fuori dai detriti di me stessa.

Non so ancora da dove iniziare, devo trovare il punto di partenza. Devo almeno provarci. Guardo in direzione della porta, da cui giunge la tetra luce rossastra che diventa sempre più fioca, fino a farsi buio pesto. Nel camino deve esserci rimasto solo qualche tizzone ancora ardente, che a breve diventerà anch'esso cenere, non riesco più distinguere il contorno della porta, solo il buio. L'unica luce è quella che proviene dalla finestra: è fedele, non mi lascerà, mi terrà compagnia fino al nuovo giorno, insieme alle vocine che mi parlano dentro, ammonendomi, spronandomi e incoraggiandomi nello stesso tempo.
Chiudo gli occhi, stringo il cuscino e divento bambina tra le braccia di mio padre. È una visione che mi accompagna nei momenti difficili, fin da quando temevo che la morte arrivasse

anche da me: non sono sicura se è un evento reale o generato dalla mia fantasia.

Sono in braccio a lui, mi dondola, fingo di dormire, mi stringo e mi sento protetta. Ho avuto paura di affrontare la mia guerra, nascondendola dietro impegni che ho generato pur di accantonarla e ora la ritrovo fortificata. Sono faccia a faccia con me stessa, con i fantasmi di sempre che mi hanno indebolita. Non ci sono medicine, regole, insegnamenti per attutire il dolore dell'animo, bisogna affrontarlo, viverlo. È questo il mio punto di partenza, affrontare i miei spettri. Stranamente mi sento in grado di affrontare ogni conflitto, ho le stesse paure di sempre, ma sento di poterle sostenere, come ora faccio con il buio. Continuo a ripetermi che il mio corpo è debole, ma lo spirito è forte ed è su di esso che devo fare affidamento. Chiudo ancora una volta gli occhi.

Ho lasciato il cuscino. Sono stesa supina, mi concentro sul respiro: inspiro coraggio, espello paure.

Non so esattamente perché lo faccio, devo averlo letto, appreso in qualche modo. È una pratica che riesce a sciogliere la mente, mi avvicina al mio essere, è giunta spontanea, dettata da una tra le tante voci dentro di me, che ha primeggiato su tutte, scavalcandole con un impeto di slancio.
Inspiro coraggio, espello paure.

«Tic, tic, tic!... tic, tic, tic!...»

Un inconsueto picchiettio mi sveglia. C'è luce. Ho difficoltà di orientamento, sono stordita, assonnata, anche l'olfatto è in allarme, respiro odori estranei. Alzo prontamente la testa dal cuscino. Sono seduta sul letto, con il palmo della mano mi strofino gli occhi. Mi guardo intorno, mentre il picchiettio continua a propagarsi incessante e ritmico nella stanza. Inizio a connettere, osservo più dettagliatamente la camera: con la luce del nuovo giorno ha un aspetto diverso, è più accogliente. Mi guardo ancora in giro e infine dirigo la vista in direzione del suono che mi ha svegliata, il mio sguardo si ferma alla finestra e un sorriso nasce spontaneo. Sono incredula. È un uccello.

Almeno così mi sembra. Strofino ancora gli occhi, ora con entrambe le mani: è proprio un uccello grande quanto un comune passero, è sul davanzale e picchietta sui vetri. Mi alzo dal letto e mi dirigo verso la finestra, per osservare meglio quella creatura che con tanto zelo picchia contro i vetri opachi, non per lo sporco, ma per l'usura del tempo.

Tic tic tic... tic tic tic!... continua a picchiettare.

Non riesco a distinguere bene i suoi colori, ma non è un comune passero, ha un'evidente striscia nera che in longitudine attraversa l'addome. Faccio un passo, vola via. Allora mi blocco, penso di averlo spaventato, torna posandosi ancora una volta e inizia ancora a picchiettare; è un suono e un ritmo che ricorda quello del vecchio telegrafo, so di eccedere in fantasia, ma sembra quasi voglia comunicare con me attraverso un codice occulto. Mi muovo con maggiore cautela, ma al secondo passo vola via. Mi arresto. Aspetto. Non torna. Resto a scrutare ancora un po', ma non succede nulla, è andato via. Apro la finestra, un'ondata d'aria fresca e profumata mi arriva dritta in faccia, respiro a pieni polmoni profumi di pura natura incontaminata e osservo la grande distesa della murgia, colorata con i toni più vivi dal sole mattutino, ma ugualmente malinconici, come quelli che mi hanno accompagnata ieri, sul tardo pomeriggio.

Il canto degli uccelli è la melodia in sottofondo che accompagna questa grande opera della natura.

Mi sento stranamente in armonia con me stessa, stamattina, come acquietata. Stando qui, del resto, non ho alcuna incombenza. Resto con i gomiti appoggiati sul davanzale per godermi il bagno di aria mattutino, che accarezza i pori della pelle del mio viso, mentre un benefico venticello si protrae per tutto il corpo.

ASCOLTATI

«Buongiorno!»

«Buongiorno signor Romolo» .

«Dormito bene?»

«Sì, grazie! Aspetti, scendo!»

Alla vista del signor Romolo sono trasalita sorpresa, non mi aspettavo di vederlo. La sua voce e il suo saluto mi danno sollievo. Richiudo la finestra, mi guardo intorno frettolosa alla ricerca di uno specchio, ma non ne trovo, allora mi passo le mani tra i capelli per accomodarli alla meglio. Faccio le scale velocemente, mi dirigo al portone, afferro la maniglia per aprire e tiro verso di me, mi blocco, devo usare entrambe le mani, necessitano perché metta più forza per riuscire a schiuderlo.

«Non si preoccupi! Ha forza nelle braccia!» Afferma Romolo.

«Il portone, esposto al sole e alle intemperie, si è gonfiato, devo sistemarlo un giorno di questi».

Giunge in aiuto con questa sua elocuzione alla stima per i miei muscoli, che da parte mia barcolla, nonostante anni di sudore versato in palestra.

«Cominciavo a temere di non avere forza, infatti!»

«Ha fatto colazione?»

«No, non ancora». Sono sulla soglia del portone che ancora cerco di tirare, Romolo poggia la sua grande mano e finisce per spalancarlo completamente.

«Vedo» sussurra, osservando sul tavolo tutto come la sera precedente. «Come sta stamattina?» Chiede, intanto che entra e prende un pentolino e la caffettiera dalla credenza. Non mi sembra lo stesso omone burbero e severo che mi ha accolta sul sentiero. «Stranamente, mi sento riposata».

Prepara il caffè e mette a riscaldare il latte, dopo aver fatto un cenno come per chiedere se avrei gradito. Rispondo anche io con un cenno di approvazione.

Mi siedo e lo osservo con attenzione. Mi rendo conto che ora ho una nuova visione di lui, forse ho uno stato d'animo diverso questa mattina, sicuramente sono io a vederlo con un'ottica differente.

Innanzitutto, è più giovane di quello che mi era apparso ieri, indossa comodi jeans di almeno una taglia in più, tenuti su da una cintura marrone, ha una t-shirt bianca infilata nei pantaloni e camicia sbottonata a quadri rossi a maniche lunghe, rivoltate sui polsini, ai piedi, scarponi antinfortunistici. Tipico aspetto contadinesco. Ha un fisico asciutto, non mingherlino, ma atletico.

Ha nel complesso un aspetto austero, ma rasserenante.

«Riposata? Sono le nove e quarantacinque... e meno male!» Dice osservando l'orologio e accennando a un sorriso che è manifesto più nei suoi occhi verde-nocciola, che arriccia aggrottando scherzosamente le sopracciglia, che sulle labbra.
«Signor Romolo, di sopra un uccellino picchiettava sui vetri. Una originale sveglia stamane!» Proclamo tutto d'un fiato con meraviglia infantile. «Aveva una striscia nera o comunque scura lungo l'addome. Picchiettava sui vetri» aggiungo.
«È una cinciallegra, quella che hai visto. Diamoci del tu e chiamami Romolo. Ti ha portato il benvenuto tra noi».

Parla con tono sereno e rassicurante. Mi fa sentire una bambina coccolata, con quella risposta e per il tono che usa. Posa sul tavolo una tazza di latte fumante accostando dei biscotti. «Il caffè è quasi pronto, ne prendo una tazza anch'io… se sbricioli dei biscotti sul davanzale della finestra, tornerà a trovarti domattina e andrà per la sua strada per il resto della giornata appena si renderà conto che hai accolto il suo saluto».

«Dai…!» Rispondo goffamente, mentre verso del caffè nel latte e inizio a inzuppare un biscotto.

«Fanny, non mi credi? Pensi che ti stia prendendo in giro?»

«No, non dico questo!» Sono pentita di aver messo in dubbio la sua parola «è un po' inverosimile per me».
Sto dicendo la verità e utilizzo un tono mite, quasi per scusarmi.
«Quando rivolgi la tua attenzione verso la natura, tutto diventa straordinariamente possibile, cara Fanny». Ora sorride, non solo con gli occhi. «La natura ci parla, vuole comunicare con noi, ma non sappiamo ascoltarla, lei si pronuncia attraverso la semplicità, diventata nei secoli sconosciuta a noi uomini. La natura vuole essere in armonia con noi, è pronta a perdonare sempre e comunque i suoi predoni, venendo persino in nostro aiuto». Lo ascolto con attenzione, come se stesse per svelare un oracolo. «Ci ricordiamo di lei quando si manifesta con violenza, molto spesso in modo sempre più devastante, accusandola di essere spietata, dimenticando che siamo suoi ospiti. Anziché ringraziare e accudire come una madre, l'abbiamo saccheggiata, violentata, denutrita. Non è lei che si rivolta contro di noi, ma il male stesso che le abbiamo fatto». Romolo quando parla fissa dritto negli occhi, che sono penetranti e non sfuggenti.

«Comunque, volevo darti questo» mi dice infilando una mano nella tasca dei pantaloni ed estraendo quella che mi sembra una piccola pietra.

«Prendi!» Me la porge. Io la prendo. La osservo sul palmo della mano, girandola con l'indice dell'altra mano; poco più grande di un'oliva, è verde con leggere striature nere, ha una forma irregolare tondeggiante. Poi rivolgo lo sguardo verso il suo, interrogandolo. Non ricevo alcuna risposta.

Allora, affermo: «Una pietra!»

«Sì. Un ciottolo, ma non è un semplice ciottolo. È il tuo ciottolo. Fa che diventi parte di te e congiunzione con tutto quello che ti circonda, abbine cura, rivolgigli attenzioni, assegnagli un nome, parla con lui. Sentirai la sua voce e le risposte che ti darà, se domande porgerai, dentro di te» mi dice portando le sue mani al centro del petto. «Impara il silenzio e nuovi mondi ti aspettano».

Il suo tono è quieto, come del resto tutto il suo modo di essere, anche come prende la tazza tra le dita e sorseggia il caffè. Riesce a contagiare la stessa calma a tutto quello che gli sta intorno e persino a me. Tutto ha un andamento a rilento.

Mi torna in mente una riflessione che ascoltai in treno da una signora rivolta a un bambino, tempo fa. Forse la nonna con il suo nipotino. Mi capita sempre più spesso che una parola che ascolto, o un gesto che osservo, facciano emergere quello che la memoria immagazzina e conserva per anni.

«Guarda il mondo» dice la signora attirando l'attenzione del bambino al finestrino del treno. «Guarda il mondo fuori. Più corriamo e più perdiamo la possibilità di ammirarne la sua bellezza, è tutto uno scorrere veloce di colori e forme che non riusciamo neppure a identificare, non distinguiamo neppure un albero da una casa, neppure i colori, tutto è un miscuglio senza identità».

«Siamo in treno, e il treno è fatto per correre» risponde lesto il bambino.

«Sì tesoro, hai ragione, il treno è fatto per correre, è il suo ritmo, ma l'uomo non è fatto per correre».

«Da grande diventerò pilota... wroom wroomm...» replica il bimbo portando il braccio in alto, stringendo tra la mano un'automobilina bianca e formando dei semicerchi.

La signora, dirigendo il suo sguardo verso di me, accenna un sorriso, chiedendosi probabilmente se avessi colto quello che intendeva dire. Intesi, allora, anche se con un gesto spontaneo girai gli occhi da un'altra parte, temendo di apparire un'inopportuna curiosa, e maggiormente comprendo ora.

Mentre vivo il mio ricordo, Romolo è uscito ed è rientrato, ha tra le mani un quaderno e una penna.

«Volevo darti questi attrezzi, penso indispensabili per te». Ha ragione, gli offro un sorriso in segno di gratitudine.

Sì, vero. Sono attrezzi indispensabili per me. Uso la tastiera del computer, ma sempre affiancata da fogli, quaderni, penne, purtroppo sempre e comunque inconcludenti, per me.

«Scrivi come vuoi, ma fallo. È tutto dentro di te. Soffermati ad ascoltarti. Ricorda quello che ti dico... soffermati pa-zien-te-mente ad ascoltarti. Ascoltati. Devo andare, a dopo, Fanny».

«A dopo!» Rispondo al suo saluto, ma mentre si avvia verso l'uscio, lo chiamo ancora. «Romolo! Grazie!»

Si gira mi sorride, si rigira e chiude la porta.

È QUESTO L'INIZIO

La mia borsa, solitamente di grandi dimensioni, è paragonabile a quella di Mary Poppins: c'è di tutto, perché io sono così, ho bisogno di portare con me pezzi della mia vita vissuta e tutto ciò che potrebbe servirmi, forse un modo per proteggermi dalle mie paure o insicurezze. Ora, con la fierezza di essere riuscita da sola ad accendere il fuoco nel camino, ne svuoto il contenuto sul tavolo dopo aver sistemato in un angolo i doni di Romolo. Oltre l'agenda, il portamonete, il lucidalabbra, degli scontrini, alcune monetine varie e qualche penna, ecco venire fuori la matitina che mi regalò il professore di scienze, canzonato da quasi tutti gli alunni per la sua bontà, alle medie. Mi ricorda il gesto d'affetto che ebbe nei miei riguardi: allora avevo bisogno di attenzioni. Forse è un bisogno di tutti, e per ogni età, ma ricordo ancora oggi la sensazione di gioia che provai nel ricevere dinnanzi la scolaresca quel dono.

È diventata il mio amuleto, è sempre con me, la mia matitina, buon auspicio verso la scrittura.

Una pietra a forma di cuore mi rammenta la storia con Claudio, finita tra una marea d'incomprensione e scontri, pur restando l'unica e vera storia d'amore della mia vita. Non poteva funzionare tra noi, lui sempre con i piedi ben saldi per terra, io… no.

Si è laureato nei tempi giusti, ha trovato presto un lavoro che gli ha permesso di guadagnare per vivere dignitosamente – anche se non era proprio quello a cui aspirava – altrettanto presto, *per colmare il vuoto che gli avevo cagionato*, come lui stesso pare abbia riferito ad amici comuni, si è sposato qualche mese prima che nascesse sua figlia. Oggi ha una vita cosiddetta normale, forse la condizione a cui tutti ambiscono. Non ci siamo più rivisti dopo una furibonda lite. Io allora mi sentivo in trappola, ero un gatto in gabbia, dovevo scappare da quella che era una *sistemazione*, termine che mia madre mi urlava contro e che ho sempre odiato e mai capito. Scappai. Decisi di andare a vivere con la mia amica Ludovica. Claudio, non approvando, mi chiese di scegliere tra lui e la nuova vita che avevo deciso di affrontare. La mia decisione fu una forma di ribellione e quella stupida scelta, la feci forse anche per ripicca nei suoi riguardi.

Con Ludovica trovammo lavoro in un pub, avevo finalmente qualche soldo e mi sentivo indipendente, intanto continuavo gli studi che non ho mai terminato, la verità è che non ho mai portato a termine nulla, comunque, potevo anche permettermi di regalarmi dei libri.

Poi accadde che il figlio del proprietario adocchiasse la mia amica e tra loro nacque una storia. Trascorso un po' di tempo ci provò anche con me, allora lasciai il lavoro e dopo qualche mese anche la casa e tornai a vivere con mia madre. Quella vita, dopotutto, non mi apparteneva. Osservo ancora la pietra raccolta sulla spiaggia con Claudio, il cui ricordo non è ancora svanito, rimane questa pietra e non capisco perché ancora la porto dietro. La nostra è stata una storia importante, io la ritenevo tale, forse ho esagerato con il mio comportamento strampalato, ma mi aspettavo che Claudio comprendesse maggiormente i miei malesseri. Dopotutto mi conosceva come nessun altro, evidentemente non mi aveva mai amata veramente.

Accosto la pietra a quella che mi ha dato Romolo che per colori, dimensioni, forme si differenziano completamente. Sì, sono completamente diverse. Una, direi che è il passato, l'altra il presente. Romolo mi ha suggerito di assegnare un nome a questo ciottolo, si chiamerà Presente.

Ripongo Passato in borsa. Non posso buttarlo via e, comunque, lo conservo volentieri. Ora stringo tra le mani Presente e voglio far tesoro delle parole di Romolo: *"Scrivi, non importa come, ma fallo."* Non voglio che il mio presente sia un giorno uguale al mio passato. È questo l'inizio.

IL BOSCO DELLE SPARIZIONI

L'aria è tenue, un po' fresca, ma basta un maglioncino per stare bene. Salgo in camera per indossare il mio avvolgente cardigan blu, metto anche il berretto coordinato ed esco.

Il cielo è quello tipico autunnale, uno sfondo azzurro sbiancato da striature di nuvole che non minacciano temporali, ma commemorano la stagione, insinuando un drappo malinconico, anch'esso proprio del periodo. Oltre il capanno c'è una vasta distesa alberata, è lì che voglio dirigermi, in quella zona boscosa. Seguo un sentiero stretto e appena tracciato. Sono seguita da uno dei due cuccioli di cane che ho visto ieri, è quello che giocava con la coda del maremmano. È lontano, ma lo riconosco perché è marrone, differenziandosi dall'altro che è bianco. Si ferma, perde il passo con il mio, una corsetta e mi raggiunge, è goffo, più che correre sembra rotolare, lo osservo e mi strappa un sorriso, ora si blocca, lo chiamo.

«Cane! Vieni!» Batto le mani sulle gambe. «Vieni, da bravo! Vieni con me? Non vuoi? Il tuo percorso termina qui!? Ok! Ciao a dopo». M'incammino da sola verso il bosco. Mi volto ancora una volta, è rimasto fermo, come se un confine fosse tracciato proprio lì, una linea da non oltrepassare. Proseguo per il sentiero, mi rigiro ancora una volta, vedo un rullino marrone che si dirige verso casa.

Non ricordo di essermi mai imbattuta in un cammino simile da sola, non ho paura, ho la sensazione di essere protetta da Romolo, come se mi osservasse da lontano, pur sapendo perfettamente che non devo allontanarmi tanto da perdere l'orientamento. Cammino, sì, ma mi giro di tanto in tanto per osservare il casolare, per accertarmi che sia nell'orbita della mia vista. Gli odori che mi accompagnano variano e sono impregnati di erba bagnata, giungono ventate varie di piacevoli fragranze, quella che preferisco è simile a quella di origano selvatico o maggiorana. I miei passi lasciano scanditi brusii di fogliame secco calpestato, che si uniscono a repentini versi di uccelli: sembrano richiami, più che canti.

Mi sono completamente addentrata nella boscaglia, la luce si riduce, il suo riverbero tra i rami spogli sfuma leggermente i caratteristici colori autunnali. Girandomi, intravedo ancora parte del casolare. Raggiungo uno spiazzo dove una panca di pietra attira la mia curiosità; mi fermo e, dopo averla indagata con lo sguardo, mi siedo: il susseguirsi di vaghe riflessioni mi cattura. Queste pietre, segnate, ma anche levigate dal tempo, poste a incastro tra loro, in modo da essere un punto di ristoro per i viandanti, hanno accolto negli anni certamente parecchia gente con le sue storie. Sono muti testimoni di gioie e tristezze, manifestate proprio qui, dove io ora siedo. Magari sono qui da secoli e hanno accolto il nobile fondoschiena di una principessa con i miei stessi dilemmi, se pur intrisi del suo tempo. Dopotutto i dilemmi umani sono sempre gli stessi, cambiano le forme, ma non i contenuti. Magari una principessa che ha versato fiumi di lacrime perché obbligata a diventare moglie di un uomo che non amava, obbligata a vivere accanto a lui, a subire la pressione delle sue mani e del suo corpo, abituandosi ad abusi consenzienti. In quest'ultimo pensiero sono sicuramente condizionata dal servizio giornalistico su cui ho lavorato qualche settimana fa: l'infanzia negata alle spose bambine. In modo particolare mi aveva lasciata parecchio sgomenta il suicidio di una tra le tante: picchiata, violentata e infine data in moglie al suo carnefice. Il matrimonio riparatore, unico rimedio per l'offesa fatta ai parenti della ragazza. Ha preferito la morte, la bambina-donna di soli sedici anni.

Questo pensiero mi fa rabbrividire, come invasa da una ventata di freddo gelido.

Un mulinello di vento innalza le foglie che tappezzano il suolo, facendole svolazzare fino a posarsi sulle mie scarpe. Mi tiro su, sbatto i piedi sul suolo per scrollarmi le foglie; dal rumore che genero e dalla durezza del suolo mi rendo conto di non essere sul terreno, ma su una lastra di pietra che è la base della stessa panca.

Osservo meglio, vi è inciso qualcosa. Numeri. Cerco di pulire prima con il piede, poi con le mani: intravedo un nove che precede l'uno e poi uno zero e ancora un nove.

1909, una piccola croce e due lettere, *"AM"*.

Un forte fruscio nel sottobosco mi spaventa, tanto che decido di tornare indietro. Non mi fido più del posto e vorrei chiedere a Romolo informazioni sull'incisione che ho appena scoperto.

A passo veloce mi dirigo verso il casolare, mi sento seguita, so che è solo la mia impressione, ma incalzo il passo, ho la sensazione che un respiro affannoso sia alle mie spalle, *è il mio stesso respiro*, penso, ho paura, mi giro e rigiro più volte, non c'è nessuno. Mi rianimo quando vedo il cucciolo che mi viene incontro con il suo modo strambo di correre. Lo afferro tra le braccia, si fa coccolare, è contento di vedermi, lo sono anch'io.

Poco distante dall'albero del fico c'è un passaggio, ho visto Romolo varcarlo e ora voglio attraversarlo per cercare proprio lui.

Il cucciolo mi segue e, mentre mi chiedo dove siano gli altri cani e gatti, dinanzi ho una vista che mi sorprende parecchio, non è quella che mi aspettavo.

Il grosso maremmano viene verso di me mogio mogio, l'altro cucciolo, quello bianco, emette versi che lontanamente somigliano all'abbaiare. Non vedo Romolo.

«Fanny! Non avere paura. Vieni!»

Romolo è su un'imponente scalinata e sistema un rosaio che nasce da due grandi vasi distanziati qualche metro tra loro: costituiscono la base di un'arcata floreale. Sono di fronte a un palazzo ben diverso dal casolare sul retro nel quale alloggio.

«Sei entrata dal retro, il cancello principale è chiuso da tempo» mi dice dando risposta ai miei pensieri o forse leggendo lo stupore sul mio viso. Infatti, non s'intravede nulla dall'esterno se non delle alte cinte di pietra, all'interno è tutto recintato da pini dalle tonalità chiaroscuro del verde, molto fitti tra loro e tagliati in cima, il tutto ben curato. L'architettura del palazzo è regale, non di fattura contadina come nel retro.

«Eva lega con te!» *Eva?* Mi chiedo sull'istante. Subito intuisco dal suo sguardo, diretto verso il cucciolo, a chi si riferisce.

«Eva!» Esclamo. «È una lei, dunque!»

«Sì! Una lei curiosa e tentatrice tanto da ispirare il suo nome. Adamo ne sa qualcosa!» Adamo è l'altro cucciolo.

«Dopo la sua ultima esperienza ha deciso di non seguirla più. Ho dovuto tirarlo da sotto una catasta di rami tagliati che entrambi si erano tirati addosso, lei, scaltra, è riuscita a liberarsi presto, lui è rimasto incastrato e la sorte ha voluto dargli solo un grosso spavento: fortunatamente è rimasto illeso. Da allora ho assegnato a lei il nome di Eva, a lui Adamo».

«A me è sembrata molto prudente, non ha voluto seguirmi nel bosco». «Perfetto, ha trovato chi la supera. Perché sei andata nel bosco? È pericoloso. Non devi inoltrarti in luoghi che non conosci, Fanny!» Il suo tono è severo.

«Sono stata prudente, non mi sono allontanata, mi sono fermata sul piazzale, dove c'è la panca. Ho letto delle iniziali. Conosci il loro significato?»

«Certo che sì! Agata Marinelli. L'anno è quello in cui il conte Marinelli, suo fratello, ha fatto innalzare un altare nel posto dove lui stesso trovò, in circostanze non chiare, rimaste sconosciute o comunque mai rese note, la sorellina morta, sgozzata. Erano entrambi dei bambini, lei aveva dodici anni e lui poco più. Negli anni è rimasto quello che c'è ora, ma un tempo era proprio un altare con una statua che raffigurava un angelo e una fila di panche come quelle che hai visto. Vieni, andiamo in biblioteca, ho parecchio materiale da mostrarti, se sei interessata».

Faccio cenno con il capo e con un sorriso di essere interessata; il trasporto di Romolo sull'argomento mi lascia sorpresa. Dopo essersi tolto i guanti da giardinaggio, entriamo in una grande sala, come quelle che si vedono nei film, ma senza mobili.

Il pavimento è lastricato con marmo lucido il cui gioco di rombi nelle tonalità del bordeaux fa da decoro; qualche quadro orna miseramente le pareti imbiancate in tempi remoti, la volta è ricca di rosoni e cornici smunte che sicuramente hanno dato il loro lustro nel passato, poiché anche ora danno visione, se pur nel mio immaginario, della loro imponenza. Attraversiamo tutta la sala gelida. Emana un tanfo che non so descrivere, forse di vuoto. Entriamo in un androne che ha due porte alla mia destra e due alla mia sinistra. Sono chiuse, Romolo spalanca quella che è di fronte a noi. C'è una grande scrivania di legno massiccio, circondata da pareti di libri, una biblioteca a tutti gli effetti, c'è un umidificatore acceso che emana un profumo balsamico.

«È acceso, per proteggere i libri. L'umidità produce muffa e li altera» precisa, notando la mia attenzione sull'oggetto.

«Si racconta che di notte dopo la morte di Agata», Romolo continua il racconto, «in tutta la zona si udiva il pianto intermittente di una bambina e di giorno un suono dolce simile a un canto, sempre di una bambina accompagnato da un coro. Tanto che la nobile famiglia Marinelli si allontanò da questa residenza. La zona è rimasta in uno stato di abbandono per anni e giù, in paese, si è proliferata la convinzione che quest'area fosse abitata dall'anima della povera bambina. Devi sapere, cara Fanny, che la fantasia popolana negli anni si è ramificata, quindi, il fantasma della bimba ha attratto a sé altre vite. Nel bosco, nel corso degli anni, pare che si siano verificate altre scomparse, almeno una decina di bambini, da qui il nome "Il bosco delle Sparizioni"».

Mentre racconta, si accosta alla scrivania e tira fuori da una pila di libri, poggiati sulla stessa, un volume etichettato nelle pagine da tanti foglietti che fuoriescono a mo' di segnalibro; anche gli altri testi hanno pagine contrassegnate nello stesso modo. È un argomento che lo cattura con entusiasmo e interesse, lo noto dal modo con cui ne parla.

«Il fratello di Agata, di nome Lorenzo, tornò in questo luogo ormai vecchio e ammalato, esattamente nel 1909, com'è scritto su queste pagine che raccolgono i disegni del progetto dell'altare. Ecco, osserva questa pagina. Sono disegni fatti da un architetto, qui, invece» continua girando la pagina, «c'è l'immagine del lavoro portato a termine. In altri libri ho scoperto che, probabilmente, lo stesso giorno in cui l'altare fu benedetto, un'azione punitiva abbia assassinato Lorenzo Marinelli e tutti i presenti, appiccando fuoco al palazzo e devastando l'altare».

«Perché? Un'azione punitiva?» Oramai anche io sono trascinata dal mistero della storia.

«La vicenda l'ho ricostruita come si fa con un puzzle, anche se mancano parecchi tasselli. Dopo svariati anni e molte ricerche, sono riuscito a ricostruire la vicenda documentandola ampiamente con i fatti e i personaggi. In alcuni di questi antichi testi di vari autori, che ho ricercato e collezionato» dice indicando la serie di libri dalla quale ha estratto quello che mi fa visionare, «la trama è stata raccontata sotto forma di leggenda, variando nomi e luoghi, molto probabilmente per timore o per rispetto, ma la vicenda è simile in tutte le versioni. Secondo la storia, il nonno, Lorenzo Marinelli, da cui il nome del nipote in questione, aveva avuto due figli. Il maggiore, Giacomo, si era innamorato perdutamente di una fanciulla di rara bellezza, ma figlia di una sguattera di locanda, perciò contrastato in famiglia. L'amore per questa ragazza lo condusse alla rovina. Fu diseredato e alla fine fu abbandonato anche dalla giovane, che nel frattempo gli aveva dato un figlio a cui mise il nome Lorenzo, come il nonno. La ragazza, che sognava di passare a una vita migliore, andò a finire tristemente in un bordello, lasciando il figlio al padre. Sono le uniche notizie che si trovano su questa donna di cui non si menziona neppure il nome». Si ferma un attimo come a ricordare, poi riprende:

«Giacomo, insieme con il figlio, continuò a condurre la propria esistenza in modo scriteriato e urlava vendetta contro il fratello minore Adolfo, il quale non aveva mai mosso un dito per aiutarlo. Non si era occupato neppure del figlio, ma soprattutto non era intervenuto in suo favore, affinché la donna che amava fosse accolta in famiglia. In realtà, Adolfo, seppure con distacco, non lo aveva mai abbandonato, ma Giacomo considerava elemosina il suo aiuto, pensando che avesse approfittato della situazione per defraudarlo di ogni avere. Giacomo fu trovato morto nelle acque del fiume che attraversa il bosco, forse suicida. Del figlio si persero le tracce, si ritenne fosse morto insieme con il padre, anche se il suo corpo non venne mai ritrovato. Il fratello minore, Adolfo, prese in moglie una nobildonna di parecchi anni più giovane di lui, Luisa Gordova, da cui nacquero Lorenzo e Agata. La famiglia, dopo tante avversità, sembrava iniziare a percorrere la via della serenità. Il palazzo ricominciò a vivere brillantemente, popolandosi di gente, di feste, insomma la vita sociale divenne molto attiva. Dal paese, e non solo, saliva gente a popolare il bosco».

Si arresta nuovamente e, dopo aver tirato un profondo respiro, continua a raccontare:

«Adolfo a ogni cambio di stagione organizzava una caccia al tesoro elargendo premi cospicui, proprio nel bosco, dove tutti potevano accedere liberamente. Era un modo per Adolfo di lavarsi la coscienza nei riguardi del fratello. Dopotutto lui doveva mantenere il decoro familiare. La sua era comunque una posizione delicata, aveva un animo umile, poco combattivo e piuttosto remissivo, anzi il suo desiderio più grande era quello di poter cancellare le differenze di casta, almeno durante la caccia al tesoro. Ovviamente i nobili non videro la cosa di buon occhio, erano in pochi a partecipare, solo alcuni amici della stessa famiglia Marinelli e altri della famiglia Gordova. La massa popolana eccedeva e la caccia al tesoro, ben presto, sembrò appartenere ai soli meno abbienti. La zona, insomma, proliferava di gente e divenne famosa in tutta la regione. L'evento, che durava alcuni giorni, fece diffondere il commercio dei prodotti locali e negli anni diventò la più grande festa popolana della zona. L'attuale 'bosco delle sparizioni', su vari testi storici, si trova trascritto con il nome 'bosco del tesoro'. Una mattina, all'apertura della caccia estiva, Agata fu trovata morta dal fratello. Da allora si spense l'atmosfera fiabesca che questo luogo tanto aveva ostentato. Fu sospesa la caccia al tesoro e mai più ripresa».

Lo interrompo nuovamente: «Sono completamente rapita dal tuo racconto!»

Lui sorride e continua: «Tra la gente nacquero svariate congetture e ipotesi. C'era addirittura chi sosteneva che il figlio di Giacomo non era morto ed era tornato per vendicarsi, uccidendo la cugina. C'erano, invece, altri, i quali favorivano l'idea secondo cui alcuni nobili, infastiditi dalla popolarità della festa, che oramai apparteneva al popolo, avessero assunto dei mercenari senza scrupoli; infine c'erano quelli che consideravano la tragedia un malefico sortilegio che incombeva sulla famiglia Marinelli e sui loro poderi per via dei lamenti e dei canti che in molti asserivano di udire nella zona. Tu mi chiedi perché un'azione punitiva. Probabilmente il ritorno di Lorenzo Marinelli era stato visto di cattivo occhio da tanti e magari anche di cattivo presagio».

Alzo lo sguardo verso di lui, che mi chiede: «Devo averti annoiata con questa storia, vero Fanny?»

«No, anzi m'incuriosisce parecchio».

«Andiamo in cucina, è ora di pranzo, spero che ti piaccia riso con lenticchie, è quello che ho preparato per oggi» mi dice con tono familiare.

Lo seguo.

Mi sembra di percorrere un labirinto, apre e chiude porte mentre mi spiega che da qualche anno ha fatto sistemare un appartamento adeguato alle sue esigenze, è dall'altra parte del palazzo con entrata indipendente, ma, poiché siamo in biblioteca, facciamo il percorso interno.

NESSUNO CRESCE SENZA DOLORE

Osservo sulla parete un'applique illuminata, solo ora mi rendo conto che il palazzo non è privo di elettricità, anche se l'umidificatore in biblioteca avrebbe già dovuto focalizzare in me questo pensiero. «Fanny, ieri hai detto che Federico ti ha suggerito di trascorrere un po' di tempo qui. Giusto?»
«Sì, è così!»
«Di solito gli amici di Federico vogliono staccare dal mondo e rimanere in meditazione per alcuni giorni. Tu non desideravi un'esperienza simile. Mi sbaglio forse?»
Chino la testa in cerca di una risposta, meravigliandomi ancora una volta sulla capacità di quest'uomo di leggermi.
Io avevo intenzione di trascorrere alcuni giorni in un ambiente sano e tranquillo di campagna, pensavo di recarmi in un tipico agriturismo, come tanti. Federico l'ho conosciuto in treno qualche anno fa, un ottimo compagno di viaggio. Ricordo ancora l'armonia che in quel viaggio di oltre tre ore si era stabilita tra di noi. Rivelando le nostre esperienze di vita, arrivammo a scambiarci il numero di cellulare. Da allora ci siamo ritrovati casualmente e distrattamente poche altre volte, pur sentendoci spesso per telefono ed esprimendo anche la voglia di un invito a cena mai realizzato. I nostri tempi non sono riusciti a conciliarsi. Una sera l'ho chiamato, era una di quelle sere in cui ti senti particolarmente solo, deluso, in cui tutto ti cade addosso e cerchi una boa per appoggiarti un attimo a prendere fiato. Scorri la rubrica del telefono, inizi a scartare nomi di amici, presunti tali, o nomi, solo nomi. Era tardi, pensavo che dormisse, ma rispose. Ascoltò tutto il mio dire logorroico, quella notte. Condivise il

suo tempo con il mio. Fu in quell'occasione che mi parlò di questo posto.

Spiego a Romolo, sommariamente le mie attese sul luogo e lui, dopo avermi ascoltata con tono sereno, dice:

«Dopo pranzo, se vuoi, andiamo a prendere la tua roba, c'è una stanza per gli ospiti nell'appartamento, puoi restare tutto il tempo che desideri».

«Grazie, ho avuto il terrore di essere assalita dagli scarafaggi!» Confesso.

Lui sorride, dicendomi di stare tranquilla perché non ci sono scarafaggi. Poi mi ricordo della cinciallegra, ma Romolo mi tranquillizza sostenendo di non preoccuparmi neppure della cinciallegra. Nel frattempo siamo arrivati in cucina.

L'appartamento in cui vive è ammobiliato in modo semplice ed essenziale. M'invita ad accomodarmi e inizia ad apparecchiare, è garbato nei modi, mette a tavola del pane, acqua, vino, delle olive nere, una scamorza e del salame, questi ultimi riferisce di averli acquistati da un suo amico che li produce, in loco, in modo sano e genuino; per finire mi porge un piatto di riso e lenticchie profumate e gustose. «Sei un ottimo cuoco» esprimo dopo aver assaporato con un paio di forchettate il riso.

«È la lenticchia a essere saporita! Anche se in cucina non sono un pivello».

«Hai fatto il cuoco?»

«No!» Mi dice ridendo. «Sono stato un avvocato con la passione della cucina».

«Un avvocato?» Resto meravigliata.

«Sì! Un avvocato. Non ti sembra possibile?» Risponde con intonazione sottile.

«No. È che...! Volevo dire... Esercitando la professione?» «Per oltre trent'anni» afferma con tono fermo e fiero.

«Perché hai smesso?»

«Una lunga storia Fanny! Magari te la racconto in un altro momento». La sua espressione ora è mesta. Mi sento in colpa, ho la sensazione di aver scoperchiato una parte poco felice del passato di Romolo. Spontaneamente cerco di rimediare, devio con l'unico argomento che possa trascinare entrambi.

«Alla fine la famiglia Marinelli fu sterminata e non si è mai trovato un colpevole?»

«Non esiste alcuna notizia in merito. Nella storia del luogo salta fuori...» Penso felicemente di essere riuscita nel mio intento, prima di tuffarmi io stessa con attenzione nella vicenda, «...Il nome di un nuovo proprietario dell'intera distesa del podere: Lorenzo Marini, un ricco mercante. Si narra che l'unica volta che ha messo piede in questo territorio sia stata per donare un'ingente somma di denaro a una vedova, che viveva in una baracca con due figli, e avere così la possibilità di occupare e usare l'intera proprietà. Sono stati loro a occuparsi della tenuta, finché il figlio di Lorenzo Marini, giunto in questo posto, se ne innamorò e decise di restare, mettendo su famiglia». «Lorenzo Marini?» Domando, interrompendo il suo racconto. «Sì. Lorenzo Marini. Cosa ti fa pensare questo nome?»

«Al figlio di Giacomo, che ha voluto commutare il suo cognome».

«Anch'io l'ho pensato, perché non esistono avi di Lorenzo Marini, solo un figlio, Romolo Marini, mio nonno».

«È la storia dei tuoi antenati Romolo!?» Insinuo, esterrefatta.

«Volevi conoscere il significato delle iniziali che hai visto nel bosco» termina la frase con una leggiadra smorfia come per dire: *"Te la sei cercata"*. Sorrido.

«È una storia avvincente. Tu hai vissuto qui?» Ora è lui che sorride. «No. Il nonno è l'unico ad aver vissuto appieno la sua vita qui. Mia nonna era troppo borghese per adattarsi alle semplici e umili abitudini del luogo, presto si trasferì in città con mio padre, lasciando il marito. Non ho mai conosciuto il nonno, ma ho imparato a conoscerlo attraverso gli anziani giù in paese: è stato un uomo amato e stimato da tutti. Sono cinque anni che mi sono trasferito definitivamente qui».

«Da quando hai deciso di smettere con la professione?»

«No. Avevo smesso qualche anno prima. Sono qui da quando mia moglie non c'è più. Lei adorava questo posto, era il suo regno e ne era una degna regina. Amava ogni cosa del territorio e ogni cosa amava lei: il sole, che la mattina la svegliava accarezzandole il viso; i fiori, che germogliavano e fiorivano per renderle omaggio. Il suo amore, per tutto quello che in questo luogo la circondava, lo percepivano anche le pietre. Attraverso lei, ho scoperto le meraviglie di questa terra e della natura in genere. La osservavo nei lunghi silenzi che la rapivano a me e l'allontanavano da tutto quello che la circondava, sembrava che si distaccasse dal suo corpo per entrare in armonia con un'altra dimensione. Talvolta ne ero risentito, ma con il tempo ho inteso quel suo bisogno di estraniarsi per ritrovarsi. Entrambi avevamo una carriera da seguire, era sempre poco il tempo che potevamo trascorrere qui, ma ti assicuro che era un tempo molto intenso, ricco e mai privo di sensazioni ed emozioni che venivano regalate a entrambi in gran quantità. Ed è proprio qui che sento più viva la sua presenza. Ho deciso di viverci per continuare a prendermi cura di quello che tanto amava: gli alberi, la siepe, i rosai. In questo periodo non puoi renderti conto, cara Fanny, ma alla fioritura delle rose il giardino diventerà una tavolozza di colori. Nell'aria si respirano fragranze floreali. Io allora non riuscivo a capire esattamente il suo rapporto intimo con questo luogo, l'ho iniziato a percepire quando sono tornato da solo, e ho deciso di restarci».

Quanta tenerezza svela quest'omone ora! A distanza di un solo giorno ho una visione del tutto differente di Romolo. L'apparenza inganna davvero. Ho voglia di abbracciarlo. È l'amore ancora vivo per la sua donna che non c'è più, a parlare attraverso lui.

«Voglio vederli questi colori, verrò quando il rosaio è fiorito».

«Sarai la benvenuta cara. Ora, però andiamo a prendere le tue cose».

«Sai, credevo che tu vivessi in modo arcaico per scelta».

«Perché dovrei?» Chiede, luccicando un sorriso. «Amo tutto quello che è tecnologico. Non ne sono succube, questo sì! L'uomo nasce per migliorare il livello di vita, guai non fosse così. Certamente non deve rimanerne intrappolato. Forse si sta esagerando, ma questo è il progresso che galoppa a grande velocità. Io appartengo alla generazione di Carosello in bianco e nero. Figurati se non so apprezzare tutto quello che oggi ci viene offerto. L'intero mondo in una scatola che diventa sempre più piccola. L'intero mondo, nel palmo di una mano. Eccezionale! Impensabile, anni fa. Certamente bisogna educarsi al buon uso di ogni cosa. Gli eccessi danneggiano. L'uso dell'equilibrio, per l'essere umano è una meta lontana, ma non irraggiungibile, comunque sia, non conosco un'era in cui abbiamo dimostrato di essere maggiormente equilibrati. Sicuramente il comportamento dei miei genitori non è stato consono a quello dei miei nonni, come il mio non è stato per loro e come quello dei miei figli non è per me. È difficile guardare al presente scrollandosi di dosso i dolori del passato che incombono e sottomettono, è difficile restare inerti alle scelte dei propri figli, sapendo la sofferenza a cui possono andare incontro. Nessuno cresce senza dolore. La crescita è una conquista che semina feriti! Talvolta morte. Non può arrestarsi, è contro natura. Bisogna imparare a vivere e, quando sei abbastanza istruito in questa sottile arte, ti accorgi che hai parecchi anni. Questo non è un tuo problema, mia giovane e gentile amica, che spero di non aver annoiato con tutto il mio dire fuori binario».

«Assolutamente no!» Affermo, disincantandomi dal suo proferire.

Questa camera è tutt'altra cosa rispetto a quella che ho lasciato, è riscaldata e con bagno, ammobiliata in modo semplice, ma moderno. Posso usare il computer e accedere a Internet perché c'è anche una rete Wi-Fi di cui Romolo mi ha concesso la password. Posso usare il telefono fisso. Ho sistemato il mio pc sulla scrivania. Mi sento serenamente a mio agio.

L'appartamento è al piano terra, oltre allo studio e il soggiorno, comunicante con la cucina, e oltre alla camera, che mi ospita, ci sono altre due camere da letto.

È un appartamento pieno di luce, ben diverso da quello dove abito, non solo per grandezza o struttura, è che il mio ha in tutto due finestre. In città le case sono fatte in modo che quando ci entri lasci il mondo completamente fuori, le case sembrano sempre più dei rifugi dal mondo e dalla gente. Questo mi dà invece l'impressione di avere, sì un tetto, ma di vivere immersa nella natura e quasi all'aperto, grazie alle portefinestre in ogni camera. Mi viene in mente nuovamente nonna Adelaide, che è sempre voluta restare nella sua casa al piano terra. Lei diceva che, se si trasferiva in un appartamento, nessuna persona sarebbe passata più a trovarla, invece in quella casa con la porta-vetrina le amiche passando bussavano, entravano, magari lasciavano solo un saluto o si sedevano sulla seggiolina per scambiare quattro chiacchiere.

INADATTABILE

Dopo una rigenerante doccia sento la necessità di stendermi sul letto. Scorgo la TV, l'accendo, ma subito spengo, preferisco restare nel silenzio. Le persiane della finestra sono socchiuse e lasciano entrare il leggero bagliore di un timido sole pomeridiano.

La mia mente vaga. Percorre i discorsi fatti con Romolo e non solo. Si affaccia, improvviso, un pensiero offuscato verso mia madre, accompagnato da sensazioni malinconiche, un malessere inizia a salire dentro di me lentamente, fino a diventare dirompente, chiaro. È il peso per averla giudicata con troppa superficialità.

Nessuno dovrebbe giudicare con leggerezza.

Ognuno ha il proprio trascorso e un modo personale di reagire.

Le ho attribuito la colpa di non essere stata in grado di superare l'accaduto.

Anziché sostenerla psicologicamente, ho continuato ad attendere e pretendere di ricevere aiuto da lei.

Sento ora, come mai, di essere stata troppo puerile nei suoi confronti e anche assurdamente severa, aspra e, quel che è peggio, non ho mai avuto un ripensamento, una tregua. Ogni dialogo che tentava di aprire con me terminava in una rissa a causa del mio atteggiamento sempre ostile.

Del resto lei è vissuta in funzione di mio padre. Per amor suo ha messo nel cassetto la laurea, anni di studio. La sua realizzazione come donna era tutta nell'amore che aveva riversato verso quell'uomo, tutta la sua vita si compiva con lui. Che male c'è se una donna sceglie di vivere in funzione dell'amore verso il proprio uomo? Magari a me sembra assurdo, perché troppo indipendente e caparbiamente... caparbiamente cosa? Inadattabile? Non so condividere la mia vita? O semplicemente non mi sono mai innamorata al punto da volerlo?

Morto lui, l'essenza di donna si è estinta. Con lei ho continuato a essere capricciosamente figlia. Ora, questo pensiero m'incalza, quasi sorprendendomi.

Tentenna in me un senso di rammarico.

Non sono mai stata una figlia dolce e affettuosa, come lei avrebbe desiderato. Neppure una figlia perfetta, di quelle che studiano sodo, si preparano alla vita, si sposano mettendo al mondo un paio di figli, coordinando a meraviglia casa, lavoro, prole, marito. Io non sono stata in grado di gestire nulla. Eternamente in conflitto. Estranea con la mia stessa vita. Incontentabile, instabile, incoerente e inconcludente.

Non ho mai abbracciato mia madre, solo ora me ne rendo conto, sono stata troppo impegnata a giudicarla, sentenziando la mia condanna solo dai capi d'accusa creati da me stessa.

Ho assunto atteggiamenti scorretti nei suoi riguardi. Ora non è più il tempo dei torti e delle ragioni, ma semplicemente di chi è più debole e poco importa, se quando lo sono stata io, non mi è rimasta vicina come desideravo, ora la più debole è lei, devo tornare sui miei passi.

Una delle prime cose che farò, sarà quella di andare da mia madre.

Afferro tra le mani Presente, il mio ciottolino.

Lo osservo. Prendo il quaderno che mi ha dato Romolo e appunto.

1) Fare pace con il passato. Andare da mia madre con atteggiamento diverso.

"Ascoltati" dice Romolo.

Devo ascoltarmi, tutto è dentro di me.

Chiudo gli occhi, c'è silenzio, c'è buio, mi sento sempre più leggera, nessun peso, neppure quello del corpo, mi sto allontanando dolcemente da ogni inquietudine.

«Agata dai! Andiamo! Sei la solita. Lascia la bambola.»

«Non posso lasciarla, sentirebbe la mia mancanza!»

"Stupida bambina!" Pensa Lorenzo. "Se voglio andare nel bosco devo trascinarmela dietro, altrimenti la mamma non mi concederà mai il permesso di andare."

Porta pure la tua bambola, purché ti sbrighi!

Agata e Lorenzo sono finalmente fuori casa. Corrono spensierati verso il bosco. Lorenzo, con aria spavalda e fiera, da conquistatore del mondo, precede Agata, felicemente bambina con la bambola ben stretta tra le braccia.

Il sole è alto, inizia a picchiare, i due bambini si affrettano per raggiungere la refrigerante penombra della boscaglia. Lorenzo vuole arrivare al fiume prima dei suoi amici. Non ha detto nulla a sua madre e a suo padre, ma incontrerà ancora quei ragazzi che loro gli hanno vietato di frequentare. Sono così diversi da lui, ma Lorenzo con loro si sente grande e considerato.

Certo, non è del tutto convinto che catturino lucertole per torturarle o rospi a cui tagliare le zampe e rituffare nel fiume per ridere sulla loro agonia. Per lui restano ragazzi in gamba, è quello che fanno i coraggiosi ragazzi di borgata, non i signorotti come lui che vengono definiti femminucce. Uno di loro, una volta, gli aveva persino detto che profumava di femmina, deridendolo e fu un'offesa oltraggiosa, ricevere un tale insulto. Certamente voleva essere visto come uno di loro, coraggioso, e chi ha coraggio tortura le lucertole e tronca di secco le zampe del rospo.

È questo che pensa Lorenzo, anche se non è proprio sicuro.

Il sole filtra i suoi raggi abbaglianti attraverso i rami degli alberi, vedo le sagome di entrambi i ragazzini entrare nel fascio di luce propagato dall'alto che si allarga sempre più verso il basso, facendosi spazio tra gli alberi. Non vedo più nulla, sono accecata dal bagliore di quel raggio, caduto come un lampo silenzioso di cui percepisco la stessa pericolosità. C'è un grande vociare, poi un urlo che si allarga con eco magistrale da ogni parte. Solamente ora mi riconosco. Sono io, che osservo impotente e tremante, mi guardo, indosso i miei jeans preferiti, sono scalza.

Sono spettatrice di un'epoca che non mi appartiene. Qualcosa mi passa accanto, non vedo nulla, ma il cespuglio al mio fianco si è mosso, non è una falsa impressione, le foglie del cespuglio si muovono realmente. Sento un successivo urlo, dal fascio di luce una sagoma viene fuori gridando, tra le mani stringe qualcosa, corre verso di me, è Lorenzo lo riconosco.

Non so perché, né come, ma sono sicura che sia lui, corre verso di me, scorgo tra le sue mani una bambola, è insanguinata. Corre verso di me. Sta per raggiungermi. Con occhi sgranati lo osservo rimanendo immobile mentre viene nella mia direzione. Non riesco a muovermi. Urlo. Sento il mio urlo. Mi ha attraversato il corpo, mi sento sporca di sangue, una goccia cade e resta sul mio piede, mi guardo ancora, urlo, sono sporca di sangue, sento l'eco del mio stesso urlo.

«Fanny! Fanny! Calmati. Va tutto bene! È solo un cattivo sogno!» «Sì. È così!» Riesco a malapena a dire, mentre cerco di recuperare l'orientamento.

Ancora tremo, sono sudata. Cosciente, ma turbata. Tutte le sensazioni vissute durante il sogno si sono impregnate dentro di me. Mi metto seduta sul letto. Mi scruto, ho gli stessi jeans che indossavo nell'incubo. Sono a piedi nudi, come di consueto quando m'infilo a letto, non mi sono tolta i pantaloni per pigrizia, altra mia consuetudine se ho intenzione di alzarmi dopo poco, è una cattiva abitudine lo so, ma non m'importa più di tanto, so di non essere perfetta.

Scruto con attenzione i piedi.

«Va meglio? Ti prendo del tè, l'ho appena fatto!»

«Grazie Romolo, va tutto bene. Scusa. Devo averti spaventato, disturbato».

«No. Preoccupato è il termine giusto!»

Durante il sogno sul mio piede cadeva una goccia di sangue, sento ancora il suo calore e ho un brivido di freddo che si estende su tutto il corpo. Che stupida sono! Continuo a fissare i piedi.

È che era tutto così reale. «Fanny! Fanny! Indossa questo, stai tremando» sussurra dolcemente Romolo, che mi avvolge con il mio maglione, dopo aver appoggiato sul comodino un piatto con la fumante bevanda e alcuni biscotti. Sento la stretta delle sue mani sulla mia spalla e mi sento rincuorata. Appoggio la mia mano sulla sua, trattengo le lacrime, rimangono bloccate, ferme, in bilico, riesco a non farle scendere.

Allora Romolo mi abbraccia. Quella stretta toglie ogni argine. Non ho più controllo.

Le lacrime scendono copiose e senza freno. Romolo non dice nulla, mi tiene stretta a sé, quella stretta mi conduce al ricordo di mio padre che ho sempre desiderato poter risentire. Continua a tenermi stretta, nell'attesa che mi acquieti.

«Va meglio? Svuotati i nuvoloni? Ne avevi accumulati tanti. Ora andrà meglio!»

«Resta con me, non lasciarmi sola» chiedo in un impeto di spontaneità, inconsueta per me.

«Sono qui Fanny Grunt. Non ti lascio sola. Vedo che hai iniziato a scrivere» dice osservando il quaderno sul comodino. Dal tono con cui ha pronunciato il mio nome lo sento più familiare.

«No. Ho solo appuntato una riflessione. Comincio a pensare di non essere in grado di scrivere nulla d'interessante e di nuovo, solo roba già scritta e riscritta in tutti i modi e in tutti i tempi...»

«Credo che questo sia un travaglio appartenuto a tutti i narratori... tranne a quelli arroganti. Fortunatamente, tanti proprio da queste apprensioni hanno partorito grandi capolavori. Sai, Fanny cara, ogni artista sente la necessità di esprimere la propria creatività, il vero successo, e la grandezza è riuscire a tirarla fuori. Fidati di te stessa. Fidati di me, che ancora ti dico, fermati e ascoltati. La corsa della vita ti ha distratta da te stessa, ora devi concentrarti, abbandonare ogni ansia, e, soprattutto devi avere maggiore fiducia in te».

Non capisco realmente quello che Romolo vuole farmi capire, ritengo che abbia una stima eccessiva nei miei riguardi o forse vuole incoraggiarmi. Comunque sia, le sue parole accarezzano e placano il mio animo agitato.

«Ho letto alcuni articoli che hai scritto. Mi piace il tuo modo di scrutare l'animo umano. È discreto, ma incisivo».

Pronuncia queste ultime parole guardandomi negli occhi e mi giungono vere, sincere, mi fa piacere sentirle, non sono abituata a ricevere lusinghe.

«Ho sognato Lorenzo e Agata» dico con il suono della mia voce che viene fuori come un sussurro.

«È stato un sogno. La storia deve averti impressionata. Domani, se vuoi, approfondiamo l'argomento».

«Sì! Lo voglio. Vorrei anche tornare nel bosco e arrivare fino al fiume, mi accompagni?»

Romolo mi rivolge uno sguardo pensieroso senza rispondere alla mia domanda.

«Mi accompagneresti per favore?» chiedo ancora.

«Se lo desideri».

«Grazie! Romolo Marini!» Pronuncio il suo nome con tono scherzosamente malizioso.

«Prego Fanny Grunt!»

«Mettiamoci in pari!» Propongo a Romolo con sovrana curiosità. Lui mi rivolge uno sguardo curioso.

«Non hai letto solo i miei articoli. Conosci altro di me e della mia vita. Digitando il tuo nome su internet sicuramente saprò il tuo curriculum vitae. Parlami tu di te, raccontami le ragioni per cui hai lasciato la tua professione». Cala il silenzio. Sento di essere stata esageratamente invadente, troppo diretta nella mia richiesta, avrei dovuto essere più discreta, penso con rammarico, ma ormai è fatta. Sono in procinto di chiedere scusa che...

«Stavo franando con le mie certezze... l'unica decisione dignitosa che potessi prendere era di ritirarmi e occuparmi di

altro» dice Romolo smorzando il silenzio e anche i miei pensieri. «Hai il portatile. Usalo. Fatti un'idea personale, magari dopo risponderò alle tue domande, se ancora avrai da farne. Vado in biblioteca... se hai bisogno sono lì». In uno scatto è già fuori, lasciandomi con il sapore amaro dei sensi di colpa.
Prendo il pc e inizio la mia ricerca.

AGATA E LORENZO

Osservo un nuovo paesaggio, sono stesa su un morbido e profumato prato, sento il fruscio dell'acqua, che fluisce sbattendo delicatamente contro i tanti ciottoli, di varie dimensioni, sparsi nel fiume in magra e smerigliati dalle secolari carezze ricevute. Mi siedo a gambe incrociate, estendo il mio sguardo oltre. La mia vista è alla ricerca di un campanile, so che è poco distante, ma non riesco a vederlo. Mi alzo con l'intenzione di andare proprio lì, come avessi un appuntamento, devo prendere qualcosa che è in quella chiesa, cammino incurante di bagnarmi, sono scalza, mi meraviglio della scaltrezza che ho nell'attraversare il fiume, l'acqua è cristallina, tanto che vedo perfettamente il fondo, non è alta, tocca poco più delle mie caviglie. Ci metto poco a passare dall'altra parte, una forza misteriosa mi spinge verso quel posto come un richiamo, è una calamita che mi attira a cui non posso fare resistenza, non ho pensieri, è l'istinto che mi guida. Il campanile mi appare sempre più distante nonostante l'avanzare dei passi. Il vociare di alcuni ragazzi mi blocca, non per paura, ma per curiosità, voglio origliare quello che dicono tra loro. Sono ferma e mi guardo intorno senza vedere anima viva... solo boscaglia, con i suoi giochi di ombra. Sento schiamazzo, le voci sono sempre più vicine, continuo a guardare intorno, ma non vedo nessuno, sento solo delle voci.

«Tra un po' quello stupido arriva».

«Sì, ma cerchiamo di attirarlo fino qui. Ci divertiremo un sacco».

«Pensi che porti l'oro?»

«Se non dovesse... lo mando a calci a prenderlo! Non ci fa scemi anche questa volta, quel damerino...»

A queste parole segue un ridacchiare generale. Mi sono appostata dietro il tronco di un abete, da questa postazione riesco a vedere cinque ragazzi pressappoco della stessa età, non più che quindicenni, ragazzi di strada, sporchi e vestiti di cenci, uno ha il ginocchio fasciato con un panno lacero e macchiato di sangue. Sono certa di non essere vista, ma non posso proseguire per il mio cammino, preferisco rimanere nascosta, qui mi sento più al sicuro.

Meglio aspettare che vadano via.

«Eccolo che arriva!» Urla uno di loro.

«Ma non è solo...!» Esclama un altro.

«Quell'imbecille vigliacco si è portato dietro la sorella» osserva il ragazzo con il ginocchio fasciato.

«Ora che si fa?» Chiede un altro al più accigliato tra loro, che è poggiato spalle a un albero. Sembra il leader del gruppo: i quattro, con lo sguardo rivolto verso di lui aspettano la sua risposta. Il ragazzo, dando le spalle a tutti, orina vicino all'albero poi si gira.

«Ci penso io! Farò in modo che capisca... che siamo noi i più forti!» C'è uno sghignazzare generale. Il capo inizia a fischiettare altezzosamente, ha un oggetto tra le mani, deduco che sia un coltellino, poiché inizia a tracciare dei segni sul tronco.

«Finalmente sei arrivato... è da un po' che ti aspettiamo!» Dice il più piccoletto e tarchiato del gruppo.

«Mamma non voleva che uscisse! Non vuole che sia vostro amico, siete sporchi!»

Ascolto queste ultime parole espresse delicatamente e ingenuamente dalla voce di una bambina, è fuori dalla mia vista, seppure i miei occhi lesti dirigano lo sguardo verso un preciso arbusto, perché è da lì che nasce quella vocina ed è esattamente in posizione frontale a quella del ragazzo che continua a incidere l'albero con il temperino, fischiettando. Lui è sul mio campo visivo, lo vedo chiaramente, è di spalle.

Sono a pochi metri, nascosta io stessa dalla boscaglia.

«Sta' zitta! Cosa dici, stupida bambina?»

Mentre ascolto queste parole, vedo la bambina, spintonata sicuramente dallo stesso che ha pronunciato quell'insulto, che cerca di riprendere l'equilibrio perso e barcolla in avanti. Il leader smette di graffiare il tronco e si gira di scatto, vedo nel gioco delle ombre boschive un tenue luccichio che proviene dalla sua mano destra, la bimba cade di peso verso il ragazzo... Lei indossa un abito bianco con balze arricchite da merletti, stringe con il braccio una bambola che vistosamente si tinge di rosso... Sono tutti immobili, silenziosi, non c'è una sola foglia che si muova e nessun fruscio. Tutto tace, la natura stessa si blocca di fronte a quello scempio... il ragazzo ha smesso di fischiettare ed è immobile. La bambina viene presa delicatamente da lui per non farla cadere, ha il capo reclinato senza vita, lascia cadere la bambola, lei stessa si lascia cadere tra le mani di quel ragazzo che ha perso in un istante spavalderia e vitalità. Ha gli occhi sgranati e fissi sulla bambina, sul suo viso è dipinto tutto il suo terrore, è pallido, è in lacrime, ma non perde del tutto il controllo.

Si sente un urlo e il silenzio che lo segue lo rende maggiormente straziante, è l'urlo di un ragazzo diverso dagli altri, forse solo negli abiti. Osserva incredulo la bambina tra le mani sporche e insanguinate di chi mai avrebbe voluto trovarsi in quella situazione. Tutti sono precipitati in un silenzio di terrore.

Il ragazzo continua a urlare, prende la bambola caduta e scappa via continuando a urlare una sola parola, un nome.

«Agata!... Agata!... Agata!...»

Scappa via, nessuno lo ferma, sono tutti come bloccati.

Io stessa mi rendo conto di non potermi muovere, mi sforzo inutilmente, il mio corpo non risponde.

Vedo il ragazzo che prende tra le braccia la bambina con il capo riverso, la porta al petto stringendola quasi come volesse proteggerla con un abbraccio e si incammina. Gli altri lo seguono in un assordante silenzio, violato da un unico suono intermittente che vibra nell'aria come un'eco sempre più lontana, ma mai così distante da non essere più udita.

«Agata!... Agata!... Agata!...»

Un altro suono, prima lontano e pian piano sempre più vicino, mi raggiunge, fino a diventare l'unico che sento. *"Tic tic tic!... Tic tic tic!"* Spalanco gli occhi, il bianco del soffitto mi acceca. *"Tic tic tic!... Tic tic tic!... Tic tic tic! "*

Non mi sembra vero! La cinciallegra è lì e picchietta contro il vetro della finestra. Sono le 5.20. Mi trascino senza pensieri, sono attonita. Apro la finestra e sbriciolo un biscotto sul davanzale, mangio gli altri e bevo il restante tè.

Dirigo lo sguardo sul comodino, osservo il pc e ritorna nella mia mente tutto ciò che ho letto sull'avvocato Romolo Marini prima di assonnarmi. Mi chiedo anche il motivo di quel sogno, mentre mi dirigo in cucina.

«Buongiorno Fanny! Sveglia di già?»

«Buongiorno. Meraviglia anche me, essere sveglia a quest'ora. Questa zona è piena di cinciallegre. Anche stamattina sono stata svegliata dal ticchettio contro i vetri!»

«Ti sbagli, non è piena la zona! Una coppia ha nidificato sul fico, sei tu ad attirarla» afferma con un lieve sorriso e intanto si accinge a prendere la caffettiera dalla mensola.

Lo guardo mentre con cura prepara il caffè, dopotutto sono un'estranea che ha invaso i suoi confini... eppure mi tratta come se fossi di famiglia. Mi sento a disagio, sa che ho letto, sicuramente lui stesso ha letto e riletto gli stessi articoli, non lo riconosco nella persona inflessibile, quasi senz'anima raccontata tra quelle tante righe che lo riguardano, per nulla amiche con lui. Dopo l'esperienza, acquisita attraverso il tragico evento di mio padre, so perfettamente che le notizie spesso vengono distorte da false verità, espresse su numerose pagine di quotidiani e, se in seguito ci sono delle smentite, vengono scritte come un sussurro, da cercare con il lanternino.

Non so cosa provo in questo momento per quest'uomo, ma non lo vedo come un carnefice, questo è certo.

«Romolo, dall'altra parte del fiume c'è un campanile?» Chiedo, facendo salire in me con un corposo respiro anche una dose di coraggio. «Il campanile della chiesetta sconsacrata di S. Cristina. Sono anni che non ci vado. Mia moglie classificava inquietante quel posto, per me è sempre stato un enigma, da una parte volevo restaurare la chiesetta, dall'altra... non ti nascondo che c'è stato un periodo in cui volevo addirittura abbatterla. Secondo le antiche voci, è l'abitazione delle anime dei bambini scomparsi. Ovviamente sono solo vecchie dicerie popolane a cui non ho mai dato importanza. Ciò nonostante è un posto che non ho mai curato e non ha mai fatto nascere in me un particolare interesse. Non c'è nulla di interessante laggiù, tu lo chiami campanile, altri chiesetta, in verità per me è sempre stata una rudimentale costruzione con una misera torretta. Non ho trovato nessuna traccia di quella costruzione, nonostante abbia fatto numerose ricerche. Non è segnata in alcuna mappa catastale. Chi ti ha parlato del campanile? Perché vuoi andarci? Cosa pensi di trovare lì?»

Ecco, nel tono usato in queste ultime domande intuisco il carattere ardito del professionista che fu un tempo.

«Nessuno me ne ha parlato. Ti sembrerà strano, ma l'ho sognato» rispondo, per nulla intimorita dal suo tono.

«Nell'incubo di ieri? Mi hai detto di aver sognato Agata e Lorenzo...» ora il suo tono è cambiato e torna a essere quello rassicurante e paterno.

«Stanotte ho sognato ancora... ed ero alla ricerca di un campanile... ma poi è accaduto dell'altro e infine mi sono svegliata... Romolo, ho letto quello che è stato scritto sull'avvocato Marini», è come essermi liberata di un fardello troppo pesante, con quest'ultima affermazione. «Qualsiasi cosa sia accaduto sono certa che hai dato il meglio di te, lo so... sembra una frase di circostanza, ma è quello che penso veramente; voglio anche dirti che la stima, per il poco che ti ho conosciuto, non cambia nei tuoi riguardi... Ci sono sensazioni positive o negative che mi arrivano a pelle, da subito quando conosco una persona... di te sono state positive».

Beviamo il caffè in silenzio. Un silenzio carico di pensieri girovaghi che ci sovrastano. Non conosciamo quelli dell'altro, ma possiamo solo intuirli, magari sbagliando, oppure no, poiché le parole non dette lasciano dubbi, più di quelle dette.

«Grazie, Fanny. Grazie, le tue considerazioni sono miele per un orso. Va' a metterti scarpe comode. Io nel frattempo preparo dei panini, camminare porta fame. Oggi cammineremo abbastanza».

Non dico nulla, ma racchiudo la mia gratitudine in un sorriso e nello sguardo che gli rivolgo.

È il suo modo per dirmi che mi accompagna al campanile.

NON C'È UNA RISPOSTA A TUTTO

«Arriva gente. Devi restare?» Chiedo preoccupata a Romolo, osservando un'auto che si dirige verso il capanno.

«No! Non c'è bisogno della mia presenza. Ti avevo scambiata per una di loro quando sei arrivata. Anche se un po' sprovveduta lo eri! Ho pensato che fosse il tuo primo ritiro... ho frainteso. Quando mi hai parlato di Federico... è sua l'idea di offrire ospitalità a chi vuole trascorrere un periodo in meditazione, immerso nel silenzio della natura e fuori dal trambusto quotidiano».

In effetti Federico me ne aveva parlato, ma non avevo colto il vero senso di "ritiro spirituale immerso nella natura" sicuramente perché l'argomento lo avevamo trattato in modo vago. Ero io ad aver frainteso.

Comunque tiro un respiro di sollievo. Finalmente ci incamminiamo verso... verso cosa? Percorriamo nel silenzio parecchia strada, i nostri passi con i versi degli uccelli creano assonanze a ritmi incostanti, ma tenui.

Non riconosco il bosco che sto attraversando, è completamente diverso da quello che ho sognato, ci sono meno alberi ed è ricco di cespiti e grovigli di rovi che rendono quasi impraticabile il percorso. Romolo mi precede allargando il sentiero, a tratti lo forma lui stesso con un bastone e il passaggio del suo corpo.

Di tanto in tanto si gira per guardarmi e accertarsi che segua il suo cammino senza difficoltà.

Giungiamo all'argine del fiume, il cui letto quasi asciutto fa da cimitero ai rifiuti della nostra era: tappi di bottiglie, lattine di birra, c'è anche quel che resta di una busta in plastica impigliata a un sasso. «Fanny ci fermiamo per una pausa?» Chiede dopo aver camminato ancora un po'. Siamo ben oltre il fiume. Si siede a cavalcioni sulla parte più alta di un tronco ricurvo che, morente, pare si sia inchinato alla terra quasi a farle un ultimo omaggio. Anche io mi siedo e osservo il paesaggio.

«Dopo quell'altura vedremo la chiesa» dice guardando e indicando alla sua sinistra.

Ho ascoltato le sue parole, ma il mio pensiero è impegnato altrove e cerca conferme dalla memoria.

«Fanny! Tutto bene?» Parole che giungono lontane.

Sto rivivendo il sogno... È quello, l'albero sul cui tronco il ragazzo incideva! ... Ed è questo, ricurvo e secco, su cui ora sediamo, quello dietro il quale nel sogno ero nascosta.

Mi alzo, mi guardo di nuovo intorno, ritorno spedita verso l'albero convinta di trovare le incisioni fatte dal ragazzo, so che non possono esserci, lo tocco e gli giro intorno, non so spiegarmi come, ma sono sicura che questo che adesso sto toccando, intorno al quale giro e rigiro, è l'albero apparso nel mio sogno. È come riconoscere una persona, ma non ricordarne il nome e cerchi quel nome che ti manca nella mente, è come rivedere un amico dopo anni che è cambiato in tutto il suo aspetto, ma gli occhi, lo sguardo sono gli stessi. Il fiume è diverso, tutto il paesaggio è diverso, ma il posto è questo. La veduta di questo posto diventa sempre più familiare. Un cespuglio di margherite bianche poco distante dall'albero attira la mia attenzione.

Rivivo ancora il sogno... qui è morta Agata, ne sono convinta.

«Romolo è qui che è morta Agata!» Affermo con sicurezza a voce alta. «No! Agata è stata uccisa dove fu innalzato l'altare... non siamo passati di lì, ci passeremo dopo, al ritorno. Per

arrivare alla chiesa è stato meglio tagliare seguendo il percorso
che abbiamo fatto... Fanny, sicura di stare bene?»
«È qui che è morta Agata, è caduta proprio qui» confermo
indicando il cespuglio di margherite.
Racconto il mio sogno a Romolo in ogni particolare.
Lui mi ascolta con interesse osservando i miei gesti, le mie
indicazioni... percepisco che crede alla mia buona fede... si
guarda intorno e non dice nulla, osserva anche lui l'albero e poi
il cespuglio fiorito. Infine si avvicina a me e guardandomi negli
occhi sostiene: «La vita è piena di casualità... inevitabili. Alcune
giungono e ti salvano, altre sono distruttive. Forse è andata
proprio così, l'arcano si è svelato a te attraverso il sogno. Era
questo il demone di Lorenzo? Convivere con la colpa della
morte della sorella? Il suo silenzio, ma anche quello degli altri
ragazzi, ha fuorviato la storia alimentando dissidi inutili... forse,
se avessero raccontato lo svolgimento reale dei fatti, molti altri
crimini si sarebbero evitati». Si incammina con aria pensierosa.
«Sì! Potrebbe essere andata proprio così».
Procediamo silenziosi l'uno affianco all'altro per un sentiero che
taglia il bosco.
«Ecco, guarda oltre quegli alberi!» Esclama d'un tratto,
puntando il braccio e richiamando la mia attenzione.
«Intravedi la cima della torre tra gli alberi laggiù?»
«Sì la vedo! Dobbiamo scendere fin laggiù? Dobbiamo fare
ancora molta strada!»
«Prenderemo un sentiero stretto e scomodo, ma taglieremo
parecchio, fa' attenzione a non farti male!»
Proseguiamo attraverso un percorso di arbusti tra la fitta
boscaglia. Alcuni rami si impigliano fra i miei capelli. A un trat-

to la terra mi frana sotto i piedi ed è appoggiandomi a Romolo, che evito di cadere. Camminiamo ancora per un po', finché lui si ferma accanto a un albero.

«Mia moglie amava abbracciarsi a questo albero, diceva che ne attingeva forza ed energia. Devo esserti sincero Fanny, io non sono mai riuscito ad abbracciare un albero», lo dice con lieve sorriso. «Mi sembra un gesto goffo, non capivo allora e neppure adesso. Però, mi piace appoggiarmi, toccarlo e restare in silenzio. Non chiedermi perché... non c'è una risposta a tutto, anche se per tutto c'è una domanda». Tempo fa ho letto qualcosa in merito alla silvoterapia. Metodo terapeutico di prevenzione e cure di malesseri fisici, psicologici e spirituali attraverso gli alberi, quasi un modo per stabilire una connessione con la natura, antichissima procedura abbandonata al sorgere del boom tecnologico e ripresa negli ultimi anni con un certo interesse. Devo ricordarmi di approfondire l'argomento. Mentre navigo in questi miei pensieri, Romolo, restando appoggiato all'albero, come incoraggiato dallo stesso, con lo sguardo rivolto nello spazio, fa un salto nel suo passato e inizia a raccontare di getto con tono calmo.

«Era compito del mio assistente prendere la posta indirizzata a me, selezionarla e passarmi quella che riteneva idonea alla mia attenzione, tuttavia quella mattina arrivai in largo anticipo allo studio e fui io a ritirare la posta. Una busta catturò la mia attenzione. Sotto al destinatario, tra parentesi, era scritto *"È la settima, vi prego, datemi una risposta"*.

Mi incuriosì, era evidente che le altre non erano mai arrivate sulla mia scrivania. In un primo momento stavo per cestinare quella busta, mi sembrava una mancanza di fiducia verso il mio assistente, prestarle attenzione. Esitai un po', poi l'aprii. Era di un giovane uomo accusato e condannato per stupro e omicidio colposo. La vittima: una ragazza di ventotto anni. Lui si dichiarava innocente, asseriva che solo un buon avvocato sarebbe riuscito a dimostrare la sua innocenza, ma non poteva permetterselo. Lì per lì non ci pensai più di tanto e fui preso da altro, ma non per mancanza di sensibilità. Giungevano puntualmente richieste del genere e le più erano inverosimili, comunque, infilai la lettera in tasca, un gesto inconsueto per me, a dirla tutta. La sera mi ritrovai quella busta tra le mani. Ero moralmente a pezzi, stavo vivendo un periodo difficile: mia moglie era al suo primo dei tanti ricoveri che ne seguirono a causa della malattia che l'aveva colpita e a cui alla fine si arrese. Rincasare, trovare la casa vuota, è parecchio triste, erano questi i miei sentimenti quando lessi e rilessi quella lettera e presi la decisione di studiare il caso». Si ferma a riprendere fiato. «L'indomani incaricai Alessia, una tirocinante dello studio, di procurarmi tutta la documentazione inerente. Fu mirata, la mia decisione di affidare il compito proprio ad Alessia, la scelsi per il suo carattere volitivo. Inoltre era attivista in una associazione per la difesa e protezione della donna, la giusta collaboratrice per affiancarmi in quella circostanza. Analizzai con attenzione i documenti, quando li ebbi tra le mani. Strane coincidenze, ma anche una chiara superficialità nel trattare il caso, mi suscitò maggiore interesse. Decisi di incontrare il giovane, nono-stante l'accorata disapprovazione partita dai miei colleghi, che non valse a dissuadermi dal fare quello che avevo già deciso, oramai». Ancora una breve pausa prima di riprendere il racconto. «Dunque, il cadavere della ragazza era stato rinvenuto, dal custode del locale, la mattina alle 9.30, sul retro di un noto club, dove si era recata insieme con il suo fidanzato e amici. Nessuna segnalazione da parte di alcuno era stata fatta sulla scomparsa della ragazza prima del ritrovamento del cadavere. I giovani che erano stati in sua compagnia, tra cui anche il fidanzato, avevano dichiarato: *"Non vedendola abbiamo pensato che fosse rincasata"*.

Questo fu uno dei punti che non mi era chiaro e che nessuno degli investigatori aveva approfondito. La borsa della ragazza, da cui non mancava nulla, fu trovata vicino al suo cadavere, quindi non si trattava di una rapina. Era nuda, coperta da una camicia semi strappata, il viso tumefatto. Il cellulare della giovane non si trovava sul luogo. Alcuni suoi amici avevano dichiarato che la ragazza lo aveva perso qualche giorno prima, altri sostenevano che la sera del delitto lo aveva con sé, lo stesso fidanzato dichiarò di: *Non ricordare, non sapere*. L'unica a dichiarare di avere telefonato, ripetutamente quella sera, senza ottenere risposta, fu la coinquilina della defunta. La stessa fu trovata cadavere per overdose qualche settimana dopo. Altri punti inquietanti per me e non approfonditi in fase di indagini. Il presunto assassino viene accusato e condannato perché trovato in possesso del cellulare della vittima; inoltre, due testimoni, la sera del delitto, lo avevano visto aggirarsi nei pressi del locale. Il giovane viene identificato anche da un terzo testimone come l'uomo che la notte del delitto scappava, intorno alle 2.00, ora del presunto omicidio, dal parcheggio del locale stesso. Questo era quanto emergeva dagli atti. A niente era valsa la difesa del ragazzo, il quale dichiarava che, mentre rincasava, aveva udito delle urla provenire da un viottolo, di essersi spinto in quella

direzione d'istinto per portare soccorso e si era trovato in un parcheggio. Qui aveva notato una luce tenue, sull'asfalto, tra due auto: si trattava di un cellulare ancora illuminato. Si era guardato intorno e aveva gridato: *"C'è nessuno?"*
Non avendo ricevuto alcuna risposta, si era guardato nuovamente intorno, aveva raccolto il cellulare ed era andato via. Due giorni dopo era stato arrestato perché in possesso di quel cellulare, attraverso cui la polizia era arrivata fino a lui. Questo quanto emergeva dagli atti». Si rivolge direttamente a me per sottolineare quanto sta affermando: «Bada bene, un assassino si libera subito del cellulare della propria vittima, non lo porta a casa. Il ragazzo, invece, lo aveva trovato e ingenuamente se lo era portato via con sé. Quando lo incontrai la prima volta, mi colpì innanzitutto il suo sguardo, leale e benevolo nei miei riguardi, anche se profondamente tristi, ebbi la sensazione che a quel ragazzo qualcuno stesse rubando la vita. La sua ingenuità era stata scambiata per comportamento di astuta difesa, ma quel ragazzo era così fortemente ingenuo, da sembrare bugiardo. Lo rassicurai, dicendo che credevo nella sua innocenza, il suo viso era manifesto di stupore. Sono stato da subito realmente convinto della sua innocenza. Il caso fu riaperto di lì a poco. Dopo un lavoro certosino fatto da me, da Alessia e alcuni nostri collaboratori, giungemmo al reale svolgimento dei fatti e al vero colpevole, ma avevamo bisogno di prove inconfutabili da esibire in tribunale. A pochi giorni dall'udienza eravamo ancora in alto mare. Avevamo le prove per scagionare senza ombre di dubbio il nostro assistito, ma non avevamo la prova schiacciante, quella che serviva per inchiodare l'assassino. Alessia, follemente imprudente, mette in piedi un piano a mia insaputa. Avrebbe

dovuto parlarmene, ma non lo fece perché sapeva che non le avrei mai permesso di attuarlo. Il suo piano era di fare da esca, sperando in un gesto incauto da parte dell'assassino che in realtà fece, ma ad un prezzo troppo alto per Alessia». Una nuova pausa prima di rivelare l'identità dell'assassino. «La vittima era stata uccisa dal fidanzato. Il loro rapporto era da tempo in crisi proprio a causa del carattere violento e manesco di lui. La ragazza lo aveva più volte mollato, sebbene alla fine avesse sempre ceduto alle sue lusinghe e promesse. La sera dell'omicidio si era fidata della persona che amava, presa, ancora una volta, dalla speranza che potesse cambiare; invece, lui rispose con violenza in una ennesima e furibonda lite. Colpì violentemente in viso la ragazza, che cadendo urtò la testa. Sicuramente erano ancora entrambi nel parcheggio, quando arrivò il mio assistito che raccolse il cellulare, fornendo inconsapevolmente all'assassino l'occasione e la prova per farla quasi franca. Fu simulata una violenza sessuale e la vittima fu lasciata sul retro del locale. Quel ragazzo, però, non aveva fatto tutto da solo. Era stato aiutato da complici. Era nipote di un noto prelato. Bisognava coprire una *bravata* che sarebbe costata parecchio al buon nome della famiglia. Dovevano sparire le prove e soprattutto il diario della vittima, motivo quest'ultimo che quasi certamente era costato la vita alla coinquilina della ragazza, dato che quel diario era svanito e mai più era stato ritrovato. I testimoni che accusavano il mio assistito erano casualmente spariti tutti, introvabili. Il caso andava chiuso in gran fretta e poco importava a quelle coscienze se un innocente avrebbe pagato. Dopotutto, era l'unico che ne usciva vivo da quel fattaccio, tutto ancora da districare. Era diventata mia abitudine fermarmi nello studio fino a tardi. Il lavoro mi aiutava a stare lontano dalla mia condizione personale, per lo meno l'illusione era quella, comunque, oramai era diventato un mio criterio di organizzazione. Lavoravo a capofitto nei periodi di degenza di mia moglie e quando lei era a casa il lavoro non esisteva, volevo starle vicino e viverla in ogni istante. Quella sera ero ancora nello studio quando chiamò Alessia e mi chiese di aspettarla, voleva vedermi con urgenza, doveva mostrarmi dei documenti schiaccianti per incastrare definitivamente il nostro uomo. Dopo circa un'ora da quella chiamata, udii il suono di sirene in lontananza che si avvicinava sempre più, finché divenne fisso e dirompente, allora mi affacciai alla finestra dello studio, al quarto piano, intravidi un grande andirivieni di gente, luci lampeggianti, la via era invasa dalla polizia, arrivò anche l'ambulanza, proprio dinnanzi al palazzo. Decisi di scendere per capirne di più. Fuori dal portone vidi e riconobbi subito la moto di Alessia: era ribaltata.

Con lo sguardo cercai lei: lì per lì pensai a un incidente stradale. Un poliziotto mi si accostò e chiese i miei documenti, al mio insistere nel chiedere cosa fosse accaduto. Dopo avermi identificato, mi informò che avevano aggredito una ragazza e mi invitò ad aspettare. Chiamò quindi il suo superiore e intanto l'ambulanza partì con i suoi segnali di allarme. Partirono anche due auto della polizia a sirene spiegate, ma dirette dalla parte opposta dell'ambulanza. Sul luogo c'erano agenti ovunque, alcuni allontanavano i curiosi e altri controllavano il luogo. Un ispettore, dopo essersi presentato, mi chiese di seguirlo al commissariato dove, dopo una serie di domande, mi informò dell'accaduto. Trascorsi la notte in ospedale con i genitori di Alessia, le sue condizioni erano risultate allarmanti da subito. Il giorno seguente fui informato della dinamica dei fatti. Alessia, prima di chiamare me, aveva telefonato a quel criminale, al fidanzato della vittima, informandolo che ormai era stato smascherato, che aveva sotto mano le prove schiaccianti contro di lui, che le avrebbe consegnate a me di lì a poco, ma considerava l'idea di darle a lui in cambio di una considerevole somma di danaro purché facesse in fretta: una sorta di pressione psicologica per non dare il tempo all'uomo di ragionare o fare un piano con la massima lucidità. Alessia era stata categorica e fulminea:

"Tra mezz'ora consegno tutto o a te o all'avvocato".

Ovviamente aveva registrato il tutto, con il suo mini registratore che portava sempre in borsa, come portava il pacco delle sigarette e il portamonete. Infine, prima di attuare il suo piano, aveva chiesto a due amici bodyguard di seguirla in auto e di proteggerla da eventuali agguati lungo il tragitto, che si accingeva a percorrere con la moto, per arrivare allo studio. Mi sono chiesto tante volte quali fossero i sentimenti che impregnavano Alessia nel breve tragitto da viale Mazzini, perché da lì era partita, fino a corso Italia dove terminò, ma, soprattutto, mi sono chiesto se la sua fame di giustizia era già stata appagata, se pregustava la vittoria, in un'enfasi d'incoscienza, o se avesse già presagito che stava per accadere il peggio. Era sola con le sensazioni del momento. Appena giunta dinnanzi al palazzo, era scesa dalla moto. Si era appena tolta il casco quando fu accostata da quel criminale che, strappandole dalle mani la ventiquattrore, le aveva sferrato un pugno in pieno viso. Alessia cadde, esanime. Giunsero fulminee le due guardie del corpo, uno bloccò quel criminale, che all'inizio aveva fatto resistenza cercando di divincolarsi, poi, intuendo che avrebbe avuto la peggio, si era arreso. L'altra guardia, resasi conto delle cattive condizioni di Alessia, non aveva potuto fare altro che chiamare l'ambulanza. Trauma cranico e coma. Da allora Alessia vive in stato vegetativo. Il nostro cliente fu scagionato da ogni accusa e quel criminale condannato alla massima pena. Condannati anche coloro che lo avevano coperto e aiutato all'epoca dell'uccisione della fidanzata. Io ho dovuto difendermi, dimostrando che ero all'oscuro delle intenzioni di Alessia. Le informazioni di stampa che furono a lungo propagate, erano che io avevo messo nelle condizioni di estremo pericolo Alessia. Alcuni giornalisti, pur non conoscendo i fatti reali, creano informazioni a loro piacimento. Le notizie diffuse nei miei riguardi furono infamanti. Scrissero che Alessia era la mia giovane amante, che l'avevo plagiata al punto da farle compiere quel terribile passo, promettendole carriera certa nella magistratura. Non avevo perso la stima nei miei colleghi, loro mi conoscevano bene, ma la mia presenza nello studio danneggiava anche loro. Ogni minima cosa che mi riguardasse diventava notizia da rotocalco, a discapito della mia professione e di chi mi circondava; quindi, decisi di lasciare tutto. La mia realtà di vita entrava pian piano verso altre dimensioni, non ero più la stessa persona. Costruivo a fatica le mie giornate che erano completamente diverse da quelle a cui ero abituato. Nel frattempo le condizioni di salute di mia moglie peggioravano giorno dopo giorno. La sua sofferenza, se pur silenziosa, mi avviliva e di frequente andavo a trovare Alessia e la sua famiglia: loro non avevano mai avuto dubbi sulla mia persona e con maestosa dignità accettavano la situazione della sfortunata congiunta. Restavo a lungo con Alessia, le parlavo, leggevo libri o semplicemente stavo in silenzio a osservarla. Una parete nella sua camera era tappezzata con alcuni poster che la ritraevano appieno nella sua beltà, ricordando quello che era stata, irriconoscibile in quel corpo inanimato. Più la osservavo e più mi chiedevo dove fosse l'Alessia dei poster, il suo dinamismo, il suo sorriso... Nulla di Alessia poteva essere imprigionato in quel corpo senza l'essenza della vita, Alessia era ormai altrove. Alessia non era in quel corpo. Le poche volte che vado in città vado a trovarla tuttora». Romolo ha parlato tutto il tempo con lo sguardo fisso nel vuoto, solo ora, che ha terminato, cerca i miei occhi per cogliere le mie impressioni.

«Come tu stesso hai detto poco fa, la vita è piena di casualità inevitabili, alcune giungono e ti salvano, altre sono distruttive. Su Alessia hanno vinto le distruttive, non è colpa tua, doveva andare così. Non ho creduto a una sola parola di quello che ho letto sul tuo conto, Romolo. Grazie per esserti raccontato a me».

Facciamo silenzio e primeggia il lieve sottofondo del bosco che fa da colonna sonora ai miei pensieri e a quelli di Romolo.

«Erano anni che non scendevo fino quaggiù» afferma, rompendo la silenziosità che ci ha avvolti.

Frugando nella sacca che porta a tracolla, tira fuori una chiave, di quelle antiche, come se ne vedono oramai solo nei musei.

«Fanny allontanati, non vorrei che cadesse qualche calcinaccio. L'ultimo restauro è stato fatto da mio nonno». Apre e spalanca il grande portone. Il sole alle nostre spalle crea un fascio di luce che si prolunga allargandosi fino in fondo alla chiesa e si ferma sul rudimentale e nudo altare.

«Ecco, è tutto qui!» Afferma, girandosi verso di me e tornando a guardare la chiesa con le braccia aperte. «Non c'è nulla, come vedi! In quelle nicchie pare vi fossero delle raffigurazioni della Via Crucis, sono quattordici in tutto, sette a destra e sette a sinistra. Dietro l'altare c'è una nicchia più grande. In paese, qualche anziano racconta che la chiesa fu accessibile solo alla famiglia Marinelli e fu costruita per volere di Cristina Conti Marinelli. A dire il vero, di questa donna non ci sono notizie, sembra cancellata, finita nel nulla o forse non è mai esistita. Nessuna notizia fondata. Comunque, se realmente fosse esistita, potrebbe essere stata una zia nubile o religiosa di Lorenzo Marinelli, il nonno. Si racconta che le nicchie contenessero sculture in cui erano nascosti gli ori della famiglia e che la chiesa in realtà fosse il forziere di famiglia, piantonata da guardie per tenere lontani i male intenzionati.

Nulla di quello che ho detto è comprovato, sono le dicerie che in paese si sono tenute in piedi e sono state tramandate di generazione in generazione. Chissà quante e quali altre cose sono state aggiunte oppure omesse, nel corso dei secoli. Mio nonno ha sistemato la struttura per evitare che crollasse, ma pare che l'interno o quel che resta non sia stato mai rifatto. Fanny, posso chiederti perché sei voluta venire qui?»

Mi guardo intorno e mi rendo conto che non so dare una risposta a Romolo. Nel sogno mi dirigevo verso la chiesa, prima di essere bloccata dalla tragedia accaduta alla bambina, non conosco il perché. La sensazione che avevo nel sogno è che dovevo prendere qualcosa di importante sotto una panca, ma non potevo più farlo. Poi mi sono svegliata e la sensazione che mi mancasse qualcosa e che dovessi cercarla mi è rimasta.

«Romolo non so cosa, ma è come se dovessi prendere qualcosa che ho lasciato tanto tempo fa, qui, sotto una panca.»

Romolo mi guarda un po' stupito anche se non lo dà a vedere e mi chiede:

«Sei già stata qui?»

«No. Decisamente no. Anche se è come se ci fossi stata».

«Mi stai dicendo che stai vivendo un'esperienza di dejà vu?»

«Non lo so, Romolo».

Mi guardo intorno e il mio sguardo si ferma su una zona ben precisa del pavimento, o di quel che resta di un pavimento.

Mi avvicino.

«Sono rimaste queste tre panche, ce n'erano delle altre, erano piantate nel pavimento. Come vedi ci sono dei segni, ma non so altro. Questo luogo l'ho sempre visto come lo vedi tu ora. Dato i segni sul pavimento, dove ti sei fermata, sicuramente c'era una panca lì. Sicura di stare bene Fanny?»

«Sto bene».

«Usciamo. Ci fermiamo un po' fuori. Ho fame, tu?» Faccio cenno con la testa, è un sì, ma sono frastornata dai miei pensieri senza rotta, né dimora.

Romolo non dice più nulla, prendo il panino che mi offre con garbo, inizio a mangiarlo.

È un'atmosfera che mi porta a ritroso nel tempo, a quando nelle gite scolastiche arrivava il momento della sosta e ognuno apriva il proprio pranzo a sacco, di solito un panino simile a quello che mi è stato offerto ora, che lasciava una sete tremenda fino al giorno dopo e si consumava tra risate e ammonimenti degli insegnanti.

A questi pensieri accenno un sorriso.

Rispetto il silenzio di Romolo e lui rispetta il mio. Per il ritorno prendiamo un altro sentiero, più comodo, anche se allunghiamo la strada. Arrivati al piazzale dove c'è la panca con le iniziali che tanta curiosità mi hanno suscitato, chiedo a Romolo di fermarci, restiamo seduti sulla panca, affiancati.

«Sai» dico, «quando ho visto queste pietre messe su, ho pensato che fossero qui come un punto di ristoro per i viandanti. Invece l'intento era quello di creare un angolo di perdono in preghiera, che Lorenzo Marinelli voleva rivolgere alla sorella, accidentalmente portata da lui stesso tra le braccia della morte. Un rimorso che lo ha perseguitato per tutta la vita. Queste pietre immortalano il dolore di quella triste vicenda».

QUANDO MI SONO PERSA

Ho chiamato mia madre più di una volta dal telefono di casa di Romolo: è qualche settimana che non la sento, non l'ho trovata, strano data l'ora! Comunque, le ho lasciato un messaggio in segreteria comunicando che il mio cellullare è spento e ho trasmesso il numero dove può trovarmi in caso di bisogno.

Mi sento più rincuorata, così. Sono in camera intenta a scrivere, quando Romolo mi chiama per informarmi che c'è una telefonata per me. È mia zia, mi chiede di rientrare, la mamma ha avuto un malore e hanno dovuto ricoverarla. Ora mi spiego perché non avevo ricevuto risposta al telefono. Romolo vuole accompagnarmi, ma non è il caso, lo tranquillizzo, tra meno di un'ora sarò arrivata e, dopotutto, sono abituata a viaggiare di sera. Sono dispiaciuta di allontanarmi così in fretta e di lasciare Romolo. Ancora una volta ho la sensazione di lasciare qualcosa di incompiuto. Sono anche preoccupata per mia madre, ma non molto, l'ho sempre considerata una roccia. Prometto a Romolo e a me stessa di tornare appena lei starà meglio. Gli scrivo i miei recapiti telefonici su un biglietto, lui mi abbraccia e sento in quell'abbraccio tanta sincerità, che mi conforta. È un viaggio di ritorno triste, malinconico, incerto. È una di quelle sere buie, il cielo è un drappo nero, la strada è deserta. Emergono le prime luci dalle villette periferiche sparse un po' alla destra e un po' alla sinistra della strada che percorro senza velocità. Anche le luci in paese mi appaiono più smorte del solito e, data l'ora, non c'è nessuno in giro.

Giungo all'ospedale, facilmente trovo un parcheggio, mi viene in mente di non aver chiesto in quale reparto abbiano ricoverato la mamma, ma poco importa, chiederò in portineria, troverò certamente qualcuno che mi aiuti. Questi sono i pensieri che mi accompagnano fino alla porta dell'ospedale, dove una guardia giurata mi blocca. Esprimo le mie motivazioni e la guardia in un primo momento mi chiede di tornare in mattinata. Alla mia insistenza, cede, mi accompagna in portineria, chiama un addetto attraverso il citofono e, dopo circa dieci minuti, arriva una donna che, in tono poco garbato, dichiara:

«Solo in caso di emergenza si possono concedere permessi, nel suo caso l'emergenza non sussiste».

«È un caso di emergenza! Mia madre sta male, ho fatto tanti chilometri in piena notte. Datemi almeno sue notizie. Non posso aspettare sino a domani, la prego, sia gentile».

Non dice nulla, ma accede al computer e consulta lo schermo. «Senta, signorina, con tutta la buona volontà, qui non risulta alcun ricovero a nome di sua madre. Neppure ieri e avantieri».

Meravigliata, la prego di controllare meglio e intanto prendo il telefono, chiamo mia zia, le dico che sono in ospedale, lei mi interrompe dicendo di recarmi subito a casa.

Mi congedo ringraziando e scusandomi sia con la donna che con la guardia e vado verso l'auto.

Mi assale l'angoscia, è una sensazione che avevo dimenticato, la riconosco e la temo. Le parole al telefono della zia mi hanno riportato l'immagine degli sguardi che si lanciavano la mamma e la zia la sera del mio compleanno, quando volevano nascondermi la morte di papà.

Ora ho la stessa sensazione.

La zia mi ha nascosto la verità. Possibile?

"No. Non può essere accaduto nulla di grave alla mamma", continuo a ripetermi, mentre guido senza attenzione fino a casa.

No. Non è accaduto nulla di grave. Mi sto allarmando inutilmente. Perché penso alla morte? Che strani pensieri vado rimuginando. Stasera devo trovare il modo di farle capire che mi dispiace, che ho capito di non essere stata la figlia che desiderava che io fossi, le dirò che ho sbagliato a farle guerra, che ero arrabbiata, arrabbiata con il mondo intero per quello che mi era accaduto... per quello che ci era accaduto... Già! ... Ci era accaduto. Il dolore ha generato in me rabbia e solo rabbia, mi ha accecata, non vedevo altro e continuavo a nutrirmi di così tanta rabbia che mi ha impedito di costruire qualsiasi rapporto. Ho distrutto ogni rapporto. Le dirò che le cose cambieranno. Le dirò che tornerò a vivere con lei. Sì, lascerò quel misero appartamento in cui mi sono rifugiata, le dirò che riusciremo a vivere insieme. Lei tornerà a prendersi cura di me e io finalmente di lei, come non ho mai fatto. Tutta la rabbia devastante mi ha ricondotta al dolore. È dal dolore che ora riparto, ma da un dolore conciliante e non rabbioso.

Ho perso il senso del tempo. Non so che ora sia, non so se è mattina o pomeriggio. La luce che entra nella mia camera non mi aiuta. Mi sento svuotata, stordita, come dopo una sbornia. No! Peggio. Ho la testa che mi martella. Sento il citofono che suona, è una campana nei miei timpani, non ho voglia, tantomeno intenzione, di vedere qualcuno. Voglio starmene a letto, sotto le lenzuola che profumano di ammorbidente, usato da sempre dalla mamma. È da sempre stato il profumo delle lenzuola a casa della mamma, delle mie robe, del mio armadio.

«Fanny, sono due giorni che ti sei rintanata qui. È arrivato Claudio, vuole salutarti».

«Zia, digli che lo chiamerò».
«Fanny!»
«Zia, ti prego, manda tutti via. Non ci sono per nessuno. Di' a tutti che sono partita e non sai per dove. Chiudi la porta. Per favore». Non ho voglia di uscire da sotto queste lenzuola. Claudio? Ha detto Claudio? Claudio è qui? Devo aver capito male. Ancora passi dietro la porta della mia camera e ancora bussano.

«Zia... per favore!»
«Non sono zia». Riconosco la voce. Resto sotto le lenzuola, si siede ai piedi del letto. Non ho capito male, è proprio lui. Ricordo perfettamente l'ultima volta che ci siamo visti.
È stato anni fa, eravamo qui, proprio in questa camera.
«Sei una grande egoista Fanny, pensi di essere l'unica persona al mondo con un carico di problemi e sofferenze? Chi più, chi meno, ognuno trascina il proprio pieno senza sentirsi in diritto di rovesciarlo in faccia a chi gli vuole bene, come fai tu. Perché vuoi andare a vivere con Ludovica? Non c'è motivo». «Sei geloso anche di lei?» «Ti sei attaccata a lei morbosamente, la conosci da poco più di un mese. Io non sono geloso... è che non approvo il tuo comportamento. Lei ha sempre vissuto come una nomade, ma tu hai tua madre e me. Di sana pianta, ci volti le spalle e vai via».*

«Io non sto lasciando proprio nessuno. Sei tu l'egoista a pretendere che faccia quello che dici tu e mia madre».

«Fanny io ti amo, ma in tutti questi anni non hai fatto altro che rendere invivibile il nostro rapporto, ogni giorno sempre di più. Ti sono venuto incontro in mille modi... ma tu sei distruttiva. Sono stanco. Mi avvilisci. Nessuno ha mai preteso nulla da te, né io, né tua madre... sei tu che pretendi da noi... non ho capito ancora cosa...

Quanto tempo darai alla tua nuova amicizia? Te lo dico io, qualche mese! Qualche mese di rapporto intenso e poi sputerai in faccia anche a Ludovica o sarà lei a farlo con te. Perché tu sei così, tu non costruisci, ma demolisci. Sai fare solo discorsi accusatori per gli altri, per giustificare comunque e sempre i tuoi insani comportamenti. Non ti è dovuto nulla. Non ti è dovuto nulla. Io non ti obbligo, ma se dobbiamo continuare a stare insieme ti dico che non sono d'accordo se vai a vivere con Ludovica a 50 km di distanza da me. Dopotutto, per quale motivo? Per studiare? No. Per lavoro? Neppure. Per cosa allora? Dimmelo, per favore! Non hai risposte. Io preferisco finirla qui. Se, dunque, decidi di andare... tra noi è finita... da subito».

Furono le ultime parole che disse, uscendo dalla stanza. Fu l'ultima volta che lo vidi. Non mi aspettavo quel comportamento da parte sua. Ho sperato, nei giorni successivi, che ancora una volta mi chiedesse di restare. Forse non sarei partita, o forse sarei partita lo stesso con tutta la superficialità e incoscienza del momento, certamente sarei partita lo stesso.

La sua mancanza ha iniziato a pesarmi dopo qualche mese. Attraverso le amicizie comuni ho sempre avuto sue notizie, come lui sicuramente le mie, compresa quella del suo matrimonio. Non mi ha mai più cercata. Forse si aspettava che lo chiamassi io, non l'ho fatto. Mi è maledettamente mancato.

Con lui è caduto l'unico punto fermo che abbia mai avuto. Dopo lui non sono riuscita ad avere un rapporto stabile con nessuno. Sono stata usata e ho usato in nome di un amore inesistente. Con il tempo ho anche capito i miei torti e le mie esagerazioni nei riguardi di Claudio e le sue ragioni. Non potevo più tornare indietro, lui, dopotutto, subito mi aveva rimpiazzata con una tipa, che seppe come conquistarlo. Ora è qui, nella stessa camera dove il tempo non ha cambiato nulla, tranne noi.

«Resterò qui, in silenzio, aspetto che ti decida a tirare la testa da sotto le coperte. Forse mi crescerà la barba o magari diventerà bianca, veramente un po' lo è già. A te è diventata bianca la barba?» Gli do un calcio da sotto le coperte e rispondo:

«Io non ho mai avuto la barba!»

«Ahi! Sei rimasta la solita "piedesca!"»

«Smettila! Sono a pezzi!»

«Lo so. Per questo ti ho portato questa».

Questa? Tiro fuori il naso tenendo le lenzuola ben salde sul viso. È la barretta di cioccolato che preferisco. Lo ricorda.

«Ne mangiavi a tonnellate quando ti sentivi depressa, poi ti lamentavi dei brufoli, la colpa ovviamente ricadeva su di me, sia per le tue depressioni sia per i brufoli. E io restavo a mangiarmi il cervello chiedendomi cosa mai ti avessi fatto».

«Sono cambiate tante cose da allora».

«Già! Questa camera è rimasta uguale. Sono anni che non ci vediamo. Quanti? Dieci, no, più?»

«Quattordici» affermo con decisione. «Quattordici?»

«Quattordici» ripeto.

Inizia a scartare la barretta, sento l'inconfondibile rumore.

Sono impresentabile, ma non ci penso più di tanto, riesce a darmi l'input per tirarmi fuori dal guscio delle coperte. Non alzo la testa per guardarlo in viso, a testa china osservo le sue mani che mi avvicinano la barretta per metà scartata, la prendo e ancora a testa china ringrazio.

Lui mi abbraccia e mi bacia sulla fronte e quasi sussurrando mi dice:

«Mi dispiace. Sono partito appena ho saputo».

«Non mi aspettavo che venissi. Comunque, è veramente da tanto che non mangio barrette come questa... ne ho mangiate proprio tante! Non che ne abbia la nausea, ma mi hanno sempre ricordato un periodo della mia vita che volevo dimenticare. Queste barrette le trovavo ovunque: dal tabaccaio alla salumeria, dal bar al centro commerciale, sempre lì, rigorosamente sul banco, alla cassa». La mia voce è velata e roca, tanto che ascolto quel suono concepito come se non pro-venisse da me e intanto addento la barretta bagnata dalle copiose, ma silenziose lacrime che fluiscono naturalmente.

«Ci sei riuscita?» Mi chiede con tono incerto.

«A cosa?» Chiedo, sempre con lo sguardo puntato verso la barretta. «...A dimenticare il periodo in cui stavamo insieme. Perché è di quello… Ci sei riuscita?»

Certo che no! Anzi in realtà non ho mai voluto dimenticare nulla. Il ricordo del nostro amore è ciò che di più bello e puro mi sia veramente appartenuto.

Resto in silenzio, non ho voglia di esternare i miei pensieri.

È lui che rompe nuovamente il silenzio.

«Io non ho mai dimenticato nulla, il vuoto che mi hai lasciato… e la rabbia… e la gelosia nel saperti tra le braccia di chi aveva preso il mio posto… nel tuo cuore. Mi sono abituato a convivere con la tua mancanza senza dimenticarti mai».

Le sue parole mi infastidiscono, lo allontano da me con una spinta e con tutta la voce che ho, tanto da rimbombare nella mia stessa testa, urlo:

«Ti sei sposato dopo appena sei mesi dal nostro litigio... io neppure sapevo che ci eravamo lasciati. Ti sei sposato! Claudio, spo-sa-to!» Lui è in piedi per la spinta che gli ho dato e, con molta calma: «Fanny è vero tutto ciò che dici, ma non sai quello che ho vissuto dal momento in cui hai deciso di partire con la tua amica. Lasciamo stare il passato, fa male a entrambi. È stato un percorso che è andato come doveva e siamo giunti a un bivio che ci ha separati. È inutile parlare di colpe e responsabilità. Io ti voglio bene e, quando ho deciso di venire qui, ho anche messo in conto che avresti potuto trattarmi male, ma so che non mi sarei perdonato di non aver provato, come mai mi sono perdonato di non avere tentato di dissuaderti ancora una volta dal partire, quel giorno...» «Ti ho aspettato quel giorno. Invano!» Dichiaro, interrompendo il suo dire e mentendo spudoratamente.

Ho ancora del veleno da sputare nonostante siano trascorsi gli anni, me ne rendo subito conto, ma ormai quelle parole mi sono venute fuori da sole, voglio rimediare, ci riesco appena focalizzo il suo volto. «... I capelli? Hai perso i capelli! ... Le tue orecchie a sventola sono più in evidenza!» Dico, con tono meravigliato.

È un Claudio diverso, è un uomo, quello che ho di fronte, non il ragazzo rimasto nel magazzino dei ricordi. Solo ora i nostri sguardi si incrociano e l'uno studia l'altro. Chissà come mi vede

lui, dopo così tanti anni. Io lo trovo invecchiato e non solo per via dei capelli, si è irrobustito, ha messo su parecchi chili, quasi non lo riconosco, con un faccione così. Il suo aspetto è decisamente cambiato. L'ho messo in imbarazzo, è rimasto un timido e le guance ancora oggi si arrossano insieme alle orecchie, lo sguardo è lo stesso.
«Non sei cambiata». Dice lui, da gentiluomo qual è sempre stato, mettendosi le mani alle orecchie. So che anche io sono diversa, forse non quanto lui, sicuramente meno di lui.
«Meravigliosamente la stessa Fanny. Io conduco una vita piuttosto sedentaria». Ammette, portandosi ora le mani sullo stomaco. «Mi sono ripromesso di riprendere qualche attività sportiva, insomma, ci sto pensando...»
Anche la sua mimica è la stessa.
«Ero in stazione quel pomeriggio, tua madre mi informò sull'ora della partenza. Ero arrivato deciso a fermarti, mi bloccai quando... ti vidi felice e sorridente come non ti vedevo da tempo. Eri in compagnia di Ludovica e di due tipi che non conoscevo. Mi cadde il mondo addosso. In quel momento pensai che uno dei due stesse con te, portava il tuo borsone. Restai immobile, sperando che tu ti accorgessi di me. Per un attimo il tuo sguardo si diresse dalla mia parte, tu continuavi a ridere, eri felice, ti ho vista salire sul treno con i tuoi amici, sono rimasto immobile, ho visto il treno partire. Non mi aspettavi, Fanny. Eri felice così»
Esco completamente dal letto, con uno slancio lo abbraccio. Mi stringo forte a lui, anche lui mi abbraccia, sento la morsa delle sue braccia.
«Mi dispiace, ti ho mentito. Non ti aspettavo... è vero! Sappi però che quei ragazzi si erano offerti di aiutarci con le valigie,

non ricordo neppure dove erano diretti, erano dei militari, non stavano con noi» gli sussurro, stringendolo a me.

«È andata così...» Mormora, mentre siamo ancora nella morsa dell'abbraccio più tenero e rigenerante che abbia mai sentito sulla mia carne. «Ora recuperiamo quello che possiamo. Nella mia vita manca la tua presenza. Non ho la presunzione di chiederti nulla, solo di esserci». Non dico nulla, anche io ho la necessità di sapere che lui ci sarà nella mia.

Abbiamo trascorso la notte a raccontarci gli eventi che negli anni si sono avvicendati nelle nostre vite così distanti tra loro, con la delicatezza di tralasciare nelle memorie le relative relazioni sentimentali di ognuno, ho argomentato delle mie dicendo di non avere avuto storie importanti, lui superficialmente mi ha raccontato della separazione dalla moglie, raggiunta di comune accordo e che attualmente ha una compagna. Si è soffermato maggiormente a parlare di sua figlia e delle fatiche fatte per raggiungere l'ambita promozione, nella società farmaceutica presso cui lavora.

Ascoltarlo mi distrae dal dolore che vuole vincermi. Le sue parole stanno forgiando una fune che piano piano prende forma e inizio anche ad avvertirla dal profondo buio in cui la morte della mamma mi ha violentemente lanciata. Sento il dolore che graffia da ogni parte, ma quella fune mi sta prendendo, non sono io ad arrampicarmi, è lei che fasciandosi a me, mi conduce verso un limbo placante.

Non ho mai avuto un buon rapporto con mia madre, nessun dialogo o complicità. Non è stata il mio punto di riferimento, non la sopportavo, mi snervava e riusciva sempre o quasi a far sì che predominasse in me il desiderio di starle lontano, non tolleravo il suo modo di essere, tuttavia ora mi manca. Mi manca il pensiero che ci sia, mi manca la speranza di poter trovare una via di comunicazione tra noi che non sia solo sopportazione, mi manca la possibilità di tornare da lei carica di speranza per ricominciare, mi manca il sapere che c'è ad aspettarmi, dopotutto era il mio unico rifugio, se pur sbilenco, dove speravo di rintanarmi.

Se fosse vero quello a cui tanti credono, ora ha raggiunto papà e finalmente potrà essere quella che non era più dopo la morte del suo uomo, ma io adesso non credo in niente e questo pensiero non mi aiuta affatto, anzi mi infastidisce.

Sono veramente orfana, anche di speranze, mi giro in questa casa in cui mi sono sempre sentita ospite, ma che la mamma ha amato e curato. Queste mura sono state tutto il suo mondo e sono impregnate della sua presenza, dei suoi pensieri, della sua entità. Rivivo il mio passato e quella che sono stata. Mi muovo a rilento tra una stanza e l'altra e vedo la ragazzina insofferente e litigiosa, non facile da guidare, sempre in difesa, pronta ad attaccare e a negare spazio al dialogo, soprattutto a lei, a lei che rivedo a testa china, con il viso segnato dall'amarezza come un malinconico eterno autunno. Mai l'accenno a un sorriso, mai fiera di me, neppure quando a scuola ottenevo ottimi voti. Metteva al primo posto sempre il suo dolore e non pensava al mio. La rivedo... quando per la festa della mamma le regalai il cuore fatto con la plastilina e che con tante attese dipinsi di rosso e scrissi con immensa fierezza di azzurro sul retro: *Per la mia mamma.* Rivedo quel viso privo di espressione, solo un freddo: *Grazie, figlia mia!* Prendo tra le mani, a distanza di anni, quel lavoretto, sbiadito nei colori, dalla vetrinetta del soggiorno dove lei lo aveva riposto e conservato. La vetrinetta delle *cose di valore* come soleva dire, perché lì sono da sempre stati messi oggetti di valore. Prima d'ora non mi ero mai accorta che questo semplice e modesto lavoretto fosse qui, in bella vista come un pezzo prezioso, anche se stona affiancato alle pregiate ceramiche. Era dunque pregiato per lei e solo ora me ne accorgo. Sono state quelle sue espressioni quasi di indifferenza su ogni cosa, ad allontanarmi da lei. Mi muovo in questa casa quasi cercandomi.

Quando mi sono persa? Mi chiedo.

Il mio modo di essere era più mansueto e benevolo con gli altri, gli estranei. Anche con Claudio sono stata ingrata. Tutto mi torna in mente, è un susseguirsi di svariati episodi, comportamenti che osservo da una prospettiva diversa...

Non si può tornare indietro, non si può rimediare, io ero così e ora che forse sto migliorando pago le conseguenze di quando ero peggiore, con tutta l'insofferenza che provo verso me stessa.

Il lieve suono del campanello mi distoglie da remote immagini e accavallati pensieri. Sono sola, la zia è tornata a casa sua da qualche giorno, non so che ora sia... Che importa? Come un automa, mi dirigo verso la porta. Ho voglia di sapere chi è che suona. Una donna. Un viso con un palese doppio mento. I capelli, raccolti in una modesta coda, evidenziano una sontuosa ricrescita di capelli bianchi che salta agli occhi come una faziosa cornice su una tela in miniatura. È avvolta in una pesante giacca blu. Lì per lì penso che sia una collaboratrice di cui mia madre si avvaleva per le faccende domestiche.

«Fanny! ... Come stai? Non sei cambiata affatto, anzi ti trovo veramente bella! Nonostante quello che stai vivendo...»

Mi parla in modo confidenziale, la osservo, in effetti mi sembra di conoscere questa donna. La voce, la sua voce mi ricorda qualcosa, qualcuno che non riesco a individuare. Come se si fosse accorta del mio vagare nella offuscata memoria, mi chiede sorridendo, quasi a camuffare più il suo imbarazzo per non essere stata riconosciuta da me, che il mio, per non averla identificata. «Non mi riconosci?» In effetti no, non la riconosco, mi sento lievemente a disagio, non proferisco nessuna parola, ma sicuramente l'espressione del mio viso è chiara. «Allora? ...» Domanda ancora, inclinando lievemente il capo, alzando le spalle e ponendo le mani giunte a mo' di preghiera. È un lampo che mi arriva con quel suo gesto. Possibile che sia lei? Certo, non la vedo da anni, dai tempi delle medie. Eravamo bambine. Più che lei, riconosco sua madre attraverso lei. Una signora molto a modo, dolce. Quando studiavo con sua figlia ci preparava degli ottimi sandwich con wurstel che oggi non mangerei neppure se mi pagassero, ma allora li apprezzavo notevolmente, probabilmente perché i wurstel erano banditi da mia madre.

Agnese, dunque. «Agnese! Ora ti riconosco! Scusami! Accomodati» riesco a dire, ricordandomi delle buone maniere. «Sono anni che non ci vediamo, scusami ancora se non ti ho riconosciuta subito». «Figurati, so benissimo di essere cambiata, ho messo su qual-che chilo, sai venivo spesso a trovare tua madre, ho portato i miei tre figli a ripetizione da lei. Non sarebbero quelli che sono oggi, senza l'aiuto di tua madre. Le piacevano i miei dolci. Ne ho portato uno per te, spero che gradirai» con tono gentile e intimidito mi porge una confezione di cartone di quelle dove le pasticcerie di consueto mettono i dolci, estraendola da una borsa della spesa che ha infilata dai manici al suo braccio.

«Grazie, certo che sì» le rispondo un po' stupita, usando il suo stesso tono che imito spontaneamente. «Accomodati, preparo del tè e prenderò volentieri un pezzo della tua ciambella, andiamo in cucina. Mi dicevi che hai tre figli?»

«Sì Fanny. Mi sono sposata, sai... come si dice?... Incidente di percorso. Avevo diciassette anni, tu non ricordi perché ci eravamo perse di vista in quegli anni. La maggiore età mi ha regalato la maternità. Mia figlia, Carla, ora ha ventun anni. Dopo due anni è nato Gianni e infine Vita che ha dodici anni, si chiama come mia madre, ricordi la mamma?»

«Sì, certo che la ricordo, come sta?»

La osservo e mi chiedo se anche io appaio a lei con tutti i segni che la vita ci lascia addosso.

«La mamma è morta due anni fa, non ricordi? Hai inviato il telegramma di condoglianze».

«Certo, certo, scusa!»

«Capisco... non preoccuparti, capisco il tuo stato d'animo, so quello che significa perdere la propria mamma». Non ho mai saputo che la signora Vita fosse morta, forse la mamma me lo aveva comunicato, facevo poca attenzione a quello che diceva. Le mie risposte al suo proferire erano:

Va bene, mamma... oppure: *Sì, mamma...* e quando lei mi riprendeva con un: *Come sì?...* Solo allora mi rendevo conto che la mia replica a casaccio non andava bene e, quindi, le chiedevo di ripetere quello che mi aveva detto, prestando più attenzione. Sono sempre stata con un piede sulla terra e tutto il resto tra le nuvole, come lei stessa mi ripeteva sempre. Ora mi torna in mente anche questo. Negli ultimi dieci anni ho trascorso poco tempo con lei, giusto alcune telefonate di routine, quelle che si fanno per acquietare la coscienza quando ti assale. Deve essere stata in una di quelle chiamate che mi ha informata della morte della signora Vita. Sicuramente è stata lei a inviare il telegramma a nome mio. Con questi miei pensieri metto a bollire l'acqua per il tè, mentre in sottofondo sento la voce di Agnese che racconta quello che mia madre le diceva.

«... Non si stancava mai di parlare di te, dei tuoi viaggi, dei tuoi studi e di quanto fosse fiera di te. Tu eri riuscita a diventare quella che lei non era stata in grado di essere».

La mamma pensava questo di me e lo raccontava a lei?

«Fanny è una ragazza che sa quello che vuole e caparbiamente lotta per ottenerlo...»

Mi chiedo se fosse quello che pensava veramente oppure era solo un'illusione su cui preferiva adagiare, animata da tanta speranza, l'immagine di me. Non so se sono più meravigliata o frastornata a sentire queste parole. Distacco... distacco... quando è avvenuto questo distacco tra me e lei? Può una madre non conoscere sua figlia? Può una figlia non farsi conoscere da sua madre? O mi conosceva più di quello che io pensi? Comunque, un distacco può avvenire lì dove c'è unione. Tra noi dopotutto non c'era mai stata intesa, ma l'ho amata a modo mio, più di quello che pensavo, avevamo un legame, inconsueto, ma c'era, ora lo so. Ora lo so.

«Faccio io. Non preoccuparti» mi dice intanto che si avvicina ai fornelli. L'acqua bolle, spegne il gas. «Ecco... le tazze dovrebbero essere qui». Si muove con familiarità, conosce i posti in cui la mamma conservava ogni cosa, più di me.

«Intanto... che l'infuso sarà pronto, prendi...» mi porge un pezzo di ciambella. «Grazie, Agnese!» riesco a dirle. Sono io l'ospite.

«Mia figlia è sempre stata innamorata della signora Angela, con lei si confidava più che con me, io l'ho sempre saputo, ma non ero gelosa, anzi, chi più di tua madre poteva consigliare per il meglio la mia bambina. Sempre così disponibile e materna. Ci mancherà tanto la signora... mi mancherà tanto... nei momenti più difficili della mia vita è riuscita sempre a dirmi la parola giusta...»

Ora si siede e inizia a sorseggiare il tè, la osservo mentre sorseggia e mette altro zucchero e continua a girare, lo zucchero è sicuramente sciolto, ma lei continua a girare, fa tutto meccanicamente, il suo pensiero è altrove, io la osservo e ascolto attenta.

«Ricordo come fosse ieri quando mi disse: "*Sai è più difficile mantenere in piedi una famiglia che romperla e tu stai compiendo questo miracolo. A ognuno è affidato, insieme alla vita, anche un compito: il tuo è quello di essere madre e moglie, devi cercare di svolgerlo nel migliore dei modi, come stai facendo.* " Era un periodo in cui volevo lasciare tutto perché mi sentivo incompresa da mio marito, non che mi sia poi sentita compresa, ma ho imparato con il tempo a sopportare. Io credevo di aver trovato il principe azzurro, come nelle favole, che ti salva da ogni situazione, invece il mio principe ha iniziato a fare acqua da tutte le parti, e, mentre io mi illudevo di appoggiarmi a lui, era lui che si appoggiava sempre più a me. Bisognava accudire i figli, pulire la casa, lavorare per non vivere nelle ristrettezze più impensabili... Ho perso il conto delle ore di ripetizione che tua madre ha regalato ai ragazzi, a lei faceva piacere, è quello che mi diceva, per non mortificarmi oltre, e io non ho mai saputo come ricambiare se non con i miei dolci. Era il mio compito. Mi ripetevo. Ho cercato di farlo al meglio. Gli anni sono passati e neppure me ne sono resa conto. I figli, la famiglia ti prendono, rubando i tuoi giorni, e non vivi per te stessa, ma per loro: cucinare, stirare, accompagnarli, riprenderli, lo fai con immenso piacere, per carità, ma con il passare degli anni i giorni diventano sempre più solo pieni di doveri, tutto diventa un dovere, anche quello di trascurare te stessa. Finché inciampi con la tua immagine allo specchio e non ti riconosci più. Ti chiedi dove sei finita. Poi pensi alla tua amica, il marito l'ha lasciata per una donna più giovane, curata, disponibile e ti senti anche fortunata perché il tuo ha ancora il piacere di usarti, forse solo per comodità. Beata te, Fanny, che giri il mondo e devi dare conto solo a te stessa. Il tuo tempo è tuo... ecco vedi?»

Si interrompe bruscamente, mentre si alza dalla sedia come se avesse preso una scossa elettrica, guardando l'orologio. «Scusa, ora devo proprio scappare è tardissimo e non ho ancora fatto la spesa. Spero di vederti presto, ti chiamo se ti fa piacere».

Non mi dà il tempo di rispondere, mi abbraccia ed è già alla porta lasciandomi un ultimo sorriso.

Certo mi farà piacere, ma non so se mi troverai ancora qui. È così che vorrei rispondere, ma è già andata via, chiudendosi la porta alle spalle, restano solo parole mozzate sul nascere.

La mamma parlava di compiti, *a ognuno insieme alla vita è affidato un compito.*

Mamma, qual è il mio?

RESTO IN ATTESA

Una giornata soleggiata è quella che ci vuole per stimolare in me la voglia di reagire.

Il sole è alto e non picchia con violenza, ma accarezza lieve e accompagna il risveglio della natura e la sua leggera melodia. Se riesco a sentire attraverso la finestra della mia camera, rifugio di giorni neri, la sveglia della natura, andando fuori troverò un richiamo alla vita. Sento il suo invito come un cenno che vuole tirarmi dal letto e portarmi oltre la mia camera, avverto altrettanto spedito il mio affanno nel cercare dentro di me la forza per seguire questa chiamata e dannatamente mi sforzo affinché vinca sull'altro impulso, robusto e falso, che mi abbraccia per bloccarmi nel letto.

Sono io che vinco nel momento in cui spalanco la finestra e mi lascio avvolgere dalla luce, dal calore del sole mentre da un'auto parcheggiata salgono dirompenti le note della canzone di Modugno, Meraviglioso.

...Forse un angelo vestito da passante mi portò via dicendomi... Accendo il cellulare, è una sequenza di bip, che segnalano i messaggi a oltranza di chi mi ha cercata: è rimasto spento per giorni. Solo le chiamate di Claudio e Romolo mi toccano, chiamo Romolo, ma non risponde.

Decido in una frazione di secondo.

La musica è da sempre mia amica fedele, mentre guido amo ascoltarla e faccio attenzione ai testi.

I miei cd preferiti mi accompagnano sempre durante un viaggio. Per l'ora di pranzo sarò da Romolo. Ricevo una telefonata: è Claudio, rispondo. Preoccupato per non avermi sentita, voleva passare in serata da casa. Gli comunico che sono già partita, mi dà della solita mattoide, ma è contento per me, sto reagendo come si aspettava. Chiudo con la promessa di chiamarlo al mio rientro, sento la sua risata e mi saluta raccomandandomi di non cessare mai di far brillare il sole che c'è in me.

«Ok. Non smetterò di farlo risplendere, ma prima devo trovarlo» rispondo. Il paesaggio è completamente diverso dall'ultima volta in cui ho percorso questa strada, ha colori più vivi. Il suolo secco invernale faceva emergere sassi e qualche arbusto secco, smorto o stinto. Ora predomina il verde vivo dell'erba con schizzi di giallo e bianco, i primi fiori randagi del periodo. È primavera, tutta la natura fieramente in festa è in armonia. Arrivo al capanno, parcheggio. Eva mi viene incontro scodinzolando e facendomi feste.

«Ciao Eva! ... Ma come sei cresciuta...!» L'accarezzo. «Romolo? Dov'è Romolo? Portami da lui».

«Romolo non c'è signorina!» Afferma un uomo che, uscendo da una delle porte del casolare, si avvia verso di me e si presenta.

«Sono Angelo, un ospite. Romolo è giù alla chiesetta, stanno effettuando degli scavi. Va giù con gli operai di buonora, sicuramente torna all'imbrunire, se vuole chiamo e avviso del suo arrivo».

«No grazie, so come arrivare al posto, vado io da lui».

«Signorina potrebbe essere pericoloso!» Mi avverte con sincera preoccupazione l'uomo.

«Non si preoccupi, conosco la strada, c'è un magnifico sole, camminare mi farà bene, davvero non si preoccupi».

Mi sento sicura di me, non temo il percorso o sono solo incosciente al punto da ignorare il pericolo?

Eva mi segue, dal mio arrivo non si è staccata dal mio fianco. I pensieri che mi guidano sono vaghi e molteplici. Non riconosco il percorso. Quando sono totalmente disorientata è Eva che mi guida. «No Eva, mi sembra che sia di là... sì, è per di là che dobbiamo andare... vieni».

Eva mi precede, si ferma, gira la testa e si siede, mi osserva, poi d'un tratto abbaia, mi sta chiedendo di seguirla.

«Sei sicura? A me sembra... che sia... per di là!» Sono un po' spaesata, indico la direzione opposta. Eva non vuole proprio saperne di seguirmi, neppure quando faccio finta di andare. Alla fine mi volto e sono io a seguire lei. Mi affido al suo istinto, sento di potermi fidare, mi rilasso al punto da diventare preda dei soli miei pensieri. Cammino, cammino e non mi rendo conto che Eva non c'è più. L'ho persa.

Prendo coscienza.

«Eva dove sei?» Chiedo, con voce calma e senza strepitare.

Mi giro, mi rivolto, vedo alberi e cespugli... mi sento immersa in un paesaggio a senso unico, non ho alcun indizio, nessuna traccia da seguire, tutto ora mi appare simile e non so se proseguire a destra o a sinistra, avanti o indietro, mi giro, mi volto e tutto diventa destra, sinistra, avanti e indietro. Ho perso completamente l'orientamento. La mia voce viene fuori con toni sempre più alti.

«Eva, Evaaa, Evaaa!...»

Corro in avanti e poi torno indietro, alla fine smetto di correre e di urlare, mi fermo e guardo in alto. Sono tremolante e avvilita, ma contemplo il cielo che è di un chiaro e limpido celeste. Vorrei pregare, ma non riesco a farlo, non so più pregare. Non ho parole per farlo. Resto esanime in ginocchio con la testa rivolta verso l'alto. Sono le mie lacrime che parlano per me, sono lievi, spontanee come pioggia che segue un nubifragio. Sento un rumore.

«Eva sei tu?» Ho tono normale, ma tremulo. «Eva!?...»

Niente, non vedo nulla, sento dei fruscii che si avvicinano sempre più a me. Mi alzo e mi nascondo dietro un tronco, ma quel rumore rimbomba e non ne capisco l'esatta provenienza.

«Chi è? Chi sei?»

Raccolgo dal suolo una verga, la stringo forte tra le mani, non conosco il mio nemico, ma ora so che posso difendermi. Sento sempre più vicino il frusciare tra la sterpaglia. Mi sembra di sentire abbaiare, o forse è la mia immaginazione.

«Eva, Eva!?...» Grido nuovamente.

«Fanny! Fanny!»

«Romolo! Romolo!... Sono qui! Vieni da questa parte, Romolo!... Eva!...»

«Solo tu potevi imbatterti in questa impresa da incoscienti. Tu e questo stupido cane! Avrebbe dovuto morderti pur di trattenerti e non avviarsi con te. A dopo i rimproveri, anche perché sei armata» afferma con una vena d'ironia e osservando il bastone che ancora impugno minacciosamente. Lo faccio cadere per stringermi a lui con impeto in un abbraccio affettuoso che mi libera da ogni paura e angoscia. «Romolo!»

«Fanny cara! Calma... È tutto ok. Sono felice di vederti, come stai?» *Lo sono anche io, ma forse lui neppure immagina quanto.*

«A quel dannato telefono non rispondi mai? Come sta tua madre? Tutto bene? Volevo che fossi la prima a sapere le ultime novità» dice con un'espressione gioiosa quasi adolescenziale. «Di quale novità parli?»

Il tono con cui mi esprimo lo fa serio in viso e torna a chiedere: «Come sta tua madre?»

«La mamma non c'è più... è morta» dico d'un fiato.

Romolo resta in silenzio. Torna ad abbracciarmi e questa volta mi dà un affettuoso bacio sulla fronte.

«Andiamo, forza, Eva, vieni da brava! Sei stata bravissima a guidare Fanny!» Loda il cane e prende me sotto braccio.

«Avremo modo di parlarne stasera o quando lo desideri. Ora voglio mostrarti le novità, grazie a te... grazie a quello che mi hai raccontato di aver sognato. Ricordi quando mi hai detto, *è come se dovessi prendere qualcosa che ho lasciato da tanto tempo qui sotto una panca...*» Romolo ha capito il mio malessere e vuole rinfrancarmi così, lo so.

Le sensazioni che una persona può darti vanno oltre qualsiasi parola.

«Certo che lo ricordo, è la percezione che mi ha condotto fin qui». «Bene! Ho pensato e ripensato alle tue parole per giorni. Infine ho deciso di tornare sul posto con vanga e piccone e ho iniziato a scavare proprio nel punto che mi avevi indicato. Ho avuto la risposta, ho trovato una botola. Andiamo, ti spiego meglio sul posto. Sono felice di vederti. Sono felice che tu sia qui».

Sbagliando strada ho di gran lunga aumentato il tragitto, me lo dice da subito Romolo, che per non lasciarmi sola con i miei pensieri, parla, parla. Trova un pretesto per raccontarmi la sua esperienza di padre mettendo a nudo ogni sua debolezza.

Ascolto con attenzione restando in silenzio; ogni sua parola mi lascia disarmata, anche di pensieri.

Stefano, che pensavo fosse un suo amico o conoscente, scopro che è suo figlio, il maggiore, poi c'è Maurizio. Non lo vede da tempo, di lui gli giungono sporadiche notizie forse anche non veritiere, attualmente sono aggiornate a qualche anno fa, da quando è stato riconosciuto in Inghilterra in compagnia di altri viandanti dall'aspetto piuttosto dimesso. Insomma, pare che conduca una vita da clochard, per scelta. Romolo non ha mai compreso il perché possa essere giunto a tanto, pur chiedendosi per anni dove ha sbagliato come padre.

Ponendosi domande su domande ha percorso a ritroso passo per passo il rapporto con il figlio, lo ha smontato e rimontato.

Si è reso conto che ha sempre cercato un dialogo con Maurizio, ma non è mai riuscito a ottenerlo. Con Stefano è stato più semplice essere padre, ma con Maurizio era diverso: sempre taciturno, poco ribelle, sembrava che tutto gli andasse a genio, invece, covava rabbia e rancore nei suoi e nei confronti del fratello. L'esplosione avvenne con la morte della madre anche se gli scontri con il figlio erano già iniziati dallo scoppio dello scandalo. Maurizio non ha mai perdonato a Romolo l'accaduto. Romolo parla con rammarico, ma è anche speranzoso e in attesa che le cose migliorino, che finalmente suo figlio decida di stabilire un minimo di contatto con la famiglia.

«Forse ogni individuo deve trovare la propria terra di vita, non inteso come luogo, ma come dimensione interiore. Per alcuni è più semplice che per altri. La malattia del corpo può guarire o condurti alla morte. La malattia dell'anima, lo stesso. C'è chi ha un corpo malato e chi un animo malato. Talvolta l'attesa del tempo che passa è l'unica arma che resta. Io resto in attesa».

Sono le ultime parole di Romolo nei riguardi del figlio, prima di segnalarmi di essere arrivati alla chiesetta, con sorriso smorzato e sguardo profondo, in cui leggo il dolore dell'impotenza di un padre, ma non la resa.

«Avvocato, la stiamo aspettando, abbiamo allargato e ripulito il passaggio come stabilito» esclama un manovale mentre si toglie il casco di sicurezza. Si spazza di dosso la polvere con colpi decisi su tutto il corpo e si rimette il casco, lanciandomi uno sguardo interrogativo. «Fanny vieni qui, indossa questa, e questo dovrebbe andare bene, prova!» Mi dice Romolo, lanciandomi una tuta come quella che indossa lui stesso e indicandomi il casco che lascia nel cofano della sua macchina mentre si sistema il suo, come se avesse preparato il tutto sapendo che sarei arrivata.

«La ragazza scende con noi?» Chiede con esitazione l'uomo a Romolo, che con sicurezza risponde:

«Sì, tranquillo!»

Ci avviamo tutti e tre verso l'entrata della chiesa. Ci sono tre uomini e un altro sbuca da un fosso scavato nel pavimento.

«Sotto i mattoni era nascosta una botola che porta a un passaggio sotterraneo» comunica Romolo, indicando il posto esatto dove ero in cerca di quel qualcosa che neppure sapevo e che ora con mia meraviglia mi viene svelato. Poi rivolgendosi agli altri dice: «È grazie a questa ragazza, un'eccellente ricercatrice e scrittrice, che abbiamo fatto questa scoperta».

I nostri sguardi complici si intendono.

Due uomini scendono, segue Romolo, poi io e infine un altro dietro di me. I gradini sono pietre irregolari e il passaggio è strettissimo, nessuno parla, solo mimica; la luce alla fine delle scale è quella di due torce che hanno gli uomini che ci precedono. Finite le scale, le conto, sono ventisette, siamo in una grotta abbastanza grande, uno degli uomini comunica a Romolo che due passaggi sono ostacolati da vari detriti, ma il terzo è praticabile. Ci fa strada, il passaggio è sicuro anche se stretto. Camminiamo fino ad arrivare dinnanzi a un portone di ferro. Nessuno sa quello che ci può essere oltre quel portone. Dopo aver cercato un possibile modo per aprirlo, si decide di rompere la serratura.

La serratura è saltata, l'atmosfera diventa profonda, siamo calati in un silenzio assoluto, solo gli sguardi illuminati dalla fioca luce delle torce comunicano tra loro. In tre spingono la grossa porta, la aprono piano piano e poi fanno luce all'interno. La sensazione che ho è fiabesca. Per un attimo mi sembra di sognare. La luce invade ogni campo, quello che ho davanti lascia tutti senza fiato e per una manciata di secondi nessuno distoglie lo sguardo, come se stessimo ammirando una grande opera d'arte. Romolo si avvicina a me, mi prende la mano e la stringe, io stringo la sua. «Meraviglioso!» Sussurro. «Pazzesco! Ho mendicato qualche scritto per anni nelle mie svariate ricerche e avevo tutto qui. Senza di te non sarei mai arrivato a tanto» afferma con entusiasmo.

Romolo prende dalle mani dell'operaio la torcia e la punta direttamente sul piccolo scrittoio: vi emergono svariati testi, sono ordinati uno sull'altro, al centro ce n'è uno aperto, sembra un quaderno di appunti, è affiancato da pennino e calamaio, il tutto appare stia aspettando lo scrivente, in un'attesa protratta per secoli. La luce si riflette sul calamaio e, nonostante questo sia impolverato, splende di particolare finezza: è in porcellana

decorata come anche il manico del pennino e il porta pennino.
Romolo prende tra le mani con delicatezza il manoscritto, gli dà un'occhiata senza chiuderlo, poi alza lo sguardo verso di me e me lo consegna. «Fanny, inizia da questo. Eri alla ricerca di qualcosa... magari è questo che cercavi».
Indugio un po', ma sono subito grata per la fiducia che mi sta dando, prendo il testo con responsabilità e rispetto, pur non sapendo ancora di cosa si tratti.
Distolgo lo sguardo da Romolo e lo punto sulle pagine ingiallite e impolverate del manoscritto.
Sento la polvere tra le dita, non c'è abbastanza luce da poter leggere. Con cautela chiudo il manoscritto, la copertina è rigida.
Romolo ordina di portare in superficie e con la massima cautela ogni cosa che si trovi in quella camera, prima di iniziare a liberare gli altri passaggi e di sistemare tutto nel suo fuoristrada.
«Appena avranno portato tutto in superficie... la nostra presenza per il momento non sarà necessaria, ci vorranno settimane prima che liberino l'altro passaggio. Non so tu, ma io non vedo l'ora di visionare i testi che abbiamo trovato. Quanta roba!» Romolo è fuori di sé per lo stupore.
«Sì, ho visto!» Sono frastornata e incredula.
«Fanny, qual è stato il primo pensiero che ti è affiorato alla mente?»
«Una donna! La scrivente era una donna». Affermo convinta.
«Come fai ad esserne sicura?» Il tono di Romolo è interessato.
«Il calamaio! Il calamaio è particolare, solo un tocco femminile lo avrebbe scelto».
«Il calamaio?» sussurra Romolo.
«Non lo hai notato?»

«Certo che l'ho visto. Non con la tua stessa attenzione, ma l'ho visto. Una donna! Non so, è un po' inverosimile» esprime dubbioso. «La storia non è stata molto gentile con le donne, questo è risaputo. Nei giorni scorsi i tecnici hanno appurato che la chiesa ha fondamenta che risalgono intorno al 1500 e che nel 1700 è stata ricostruita dopo un devastante terremoto.

Il calamaio al femminile, non ti nascondo che mi lascia perplesso».

«Ti sembrerà strano, ma qualche anno fa ho dovuto svolgere una relazione sulla storia della penna, pennino e scrittura; quello che mi ha affascinata maggiormente sono state le forme e i decori dei calamai e relativi pennini. So quello che dico».

«Allora non discuto». Dice, infine, con una vena di ironia intanto che usciamo dalla chiesa per raggiungere l'auto.

Mentre sistema i teli per avvolgere tutto il ritrovato io mi adagio in macchina e chiedo: «Romolo, solo ora faccio mente locale, questo posto è raggiungibile anche con dei mezzi... Perché siamo scesi a piedi?»

«Dal casolare in un'oretta, conoscendo la strada ci si arriva; sempre dal casolare con l'auto ci sono circa due ore di strada e gli ultimi tre chilometri sono quasi impraticabili, ma con questa arrivo ovunque» e dà un colpo sul suo fuoristrada.

«Resta il fatto che una passeggiata nel bosco ha il suo fascino». Lo afferma con un sorriso che mi rincuora. Sento d'un tratto tutta la stanchezza fisica accumulata dall'alba e trovo ristoro appoggiando la testa allo schienale. Il giorno è quasi andato e l'imbrunire porta nuovi colori e nuovi profumi che mi avvolgono. Chiudo gli occhi, mentre stringo tra le braccia la tracolla in cui ho posto il manoscritto.

Non ho pensieri, ma sento che quello che sto vivendo è piacevole, interessante, tanto da iniziare a sentirmi utile.
Ad ognuno insieme alla vita è affidato un compito.
Mamma, questo è il mio compito?
«Fanny! Tutto bene? Mi hai chiesto qualcosa?»
«No Romolo. Parlavo tra me e me. Romolo, secondo te» chiedo restando con gli occhi chiusi mentre Romolo traffica nel bagagliaio «secondo te ad ognuno insieme alla vita è affidato un compito?»
Sento che Romolo si avvicina, forse mi sta osservando, ma non ho voglia di aprire gli occhi; sento il calore del suo bacio sulla fronte e con voce tenue, ma certa, dice: «Credo anche più di uno. Non ci pensare ora. Tranquilla. Riposa. Finisco di caricare e andiamo a casa, devi essere esausta».
Gli rispondo con un beneplacito sorriso. «Buongiorno! Ti sei data alle pulizie? Inconsueto per me, vederti in questi panni!»
«Ho pensato di dare una rinfrescata. Ho letto il biglietto che mi hai lasciato, sistemato con i permessi per lo scavo?»
«Sì, ho sistemato! Ma che ne dici se abbassassi la musica e la smettessimo di urlare?» Grida infine Romolo, restando sull'uscio temendo di fare pedate sul pavimento ancora umido.
«Fatto. Scusa, ciao Romolo, ho esagerato? Sai, io esagero sempre».
«No. Carini i fiori che hai sistemato al centro tavola».
«Li ho raccolti nel prato. Appena sveglia sono uscita, è bellissimo questo posto! Poi ho visto dei piatti sporchi, la cucina da sistemare e man mano è venuto il resto, ho finito».
«Non ti nascondo che pensavo di trovarti china ad esplorare, tra la polvere del passato, quello che abbiamo riportato alla luce

ieri». «Ci ho pensato, sì! Alla fine ho preferito che ci fossi anche tu. Non ho neppure tirato fuori il testo dalla mia sacca».

«Neppure sei passata dallo studio?»

«No. Mi sono fermata in cucina. Anzi, volevo preparare qualcosa da mangiare, ma non ho trovato nulla in dispensa».

«Le ultime settimane sono stato poco in casa, preso dagli scavi. Mi sono fermato in una trattoria di passaggio. Ma, posso entrare? Posso scendere la spesa? Ho preso della focaccia calda».

«Certo che sì!» Esclamo, mentre risistemo le sedie che avevo poggiato sul tavolo, per lavare il pavimento. Nel frattempo Romolo prende la spesa dall'auto.

«Che buon profumo!» Asserisce, lasciando due borse sul tavolo.

«La focaccia!?» Insinuo.

«No, no! È profumo di pulito. Grazie per quello che hai fatto alla cucina».

Rispondo con un sorriso, soddisfatta per le sue parole anche se insisto nel riferire che io sento il profumo della focaccia sfornata da poco, che gustiamo con una profumata mortadella e un bicchiere di birra.

«Ogni tanto si può anche peccare, via!»

«Dai Fanny!» Brontola Romolo, in risposta alla mia osservazione sul cibo che abbiamo appena consumato.

«Ti ho lasciato una sorpresa nello studio. Un regalo. Dopo il caffè ci mettiamo al lavoro. Ieri ho solo dato un'occhiata grossolana al materiale scaricato: molti sono registri e documenti processuali». Prendiamo il caffè in silenzio.

Incontro con lo sguardo quello di Romolo.

«Come stai Fanny?» Mi chiede a un tratto.

Abbasso lo sguardo. Lo rialzo e ritrovo ancora il suo.

«Non lo so. Ho dormito stanotte. Mi sento riposata. Quasi dimenticavo. Ti saluta l'uomo che era nella vecchia dimora, mi ha lasciato detto che torna il mese prossimo e che comunque ti chiama».

Annuisce: «Mi dispiace per la perdita di tua madre».

«Era già morta quando sono arrivata. Non ho potuto dirle nulla».

«Chi ama sente quello che non si riesce a dire. Tua madre ti amava e più che ascoltare le tue parole sapeva leggere il tuo cuore».

«Sono stata io a non saper leggere il suo cuore, pur amandola».

«Non parleresti così se non lo avessi fatto. Quel filo conduttore tra te e lei c'è sempre stato e resta. Perché l'amore resta, malgrado tutto. Questa è la fase del dolore, anch'esso non ti abbandonerà, ma imparerai molto dal dolore, imparerai soprattutto a sopravvivergli. Accetta quel che è stato, non ti colpevolizzare, riserva sempre un po' d'amore anche per te».

Romolo ha voluto farmi dono del calamaio, lo ha lasciato nello studio, prendendosi cura di ripulirlo con la dovuta cautela, pensando che, appena sveglia, animata dalla brama di curiosità, fosse proprio quello il luogo verso cui mi sarei diretta. Osservando il regalo, sono sempre più convinta che sia appartenuto a una donna. La punta del pennino è quasi intatta.

I decori, opacizzati sul manico, sono simili sia al fronte del porta pennino sia del calamaio: di quello che oramai resta si intravedono dei serpenti attorcigliati tra loro sul gambo di un fiore. Romolo ricostruisce il simbolo, unendo ciò che è riconoscibile da ciascuno dei tre oggetti e lo disegna su un foglio. Analizza e mi spiega i vari significati di questo simbolo ancestrale, complesso e ricco di sensi. È simile al caduceo, emblema antichissimo e comune a civiltà diverse, un araldo di pace, mi ricorda che è il simbolo dell'ordine dei farmacisti, lo si trova infatti simile apposto sulle insegne delle farmacie. Rappresenta la condotta onesta come anche la salute fisica della persona. Il classico caduceo è rappresentato da due serpenti avvolti a spirale su di un bastone alato. Il simbolo che troviamo sul calamaio è di due serpenti attorcigliati a spirale su un bastone fiorito.

Il fiore ci indirizza verso la tradizione tantrica, cioè il continuo processo di sviluppo della persona nel suo cammino interiore sino al raggiungimento della conoscenza.

«Donna o uomo che fosse, era un alchimista... stregone o mago, gli scritti ci aiuteranno a capirlo».

Osservo tutto minuziosamente, senza toccare, com'è doveroso fare per la reliquia, così pregiata e delicata, che ho dinnanzi. Ringrazio Romolo per l'opportunità che mi sta dando coinvolgendomi in questa avventura.

Lui mi guarda sorpreso e risponde: «Scherzi? ... Nulla avrebbe avuto inizio senza di te. Sono io che ringrazio te».

BOSCO DONNA

Nei giorni successivi, ho incontrato il paleografo Marco Gerboa.
Il professor Marco e la sua equipe di studiosi hanno decodificato
il manoscritto: è stato un lavoro lungo, non semplice, ma
affascinante, a cui io e Romolo abbiamo partecipato attivamente.
Mi ha letteralmente catapultato in un'altra dimensione.

Sono stati mesi in cui ho capito che la vita ha sempre uno scopo:
ci dibattiamo finché non troviamo la via maestra che ci indirizzi
proprio verso quello per cui siamo nati.

Talvolta prendiamo una rotta sbagliata, che allunga il percorso,
ma è solo questione di tempo, anche gli errori servono a portarci
verso la meta a cui prima o poi giungiamo, sempre.

Io ho sentito di aver trovato la mia, mentre la vita di Angelica
Coenti – è questo il nome della scrivente – si annunciava a me,
sempre più sgomenta a ogni passaggio decifrato del manoscritto
che Romolo aveva consegnato nelle mie mani, annunciandomi,
quasi come una profezia, che forse era quello che cercavo.

Non conosco e mai saprò le risposta alle tante domande che
potrei pormi, ma so di certo che questa storia ha dato un senso
alla mia vita, anzi una direttiva.

*Mamma, ecco il mio compito: portare alla luce la vita di questa
straordinaria donna* nata nel 1566 e morta nel 1598, insieme alla
figlia di soli sette anni, in un'epoca in cui dietro la caccia alle
streghe, già di per sé un'azione ripugnante e senza alcun senso,
veniva motivato e giustificato ogni sorta di crimine.

Era il periodo in cui, al sapere tradizionale delle guaritrici, che
conoscevano i benefici dell'uso di alcune erbe, o all'esperienza
di levatrici a cui la popolazione rurale si rivolgeva, perché meno

costose, si contrapponeva la nascita di ruoli economici importanti come quello dei medici e dei chierici, quindi la donna che, alla fine del Medioevo, seppure con varie contraddizioni godeva di libertà nell'esercizio di una professione, doveva essere indotta a ritirarsi tra le mura domestiche.

Per annientare un qualsiasi nemico, ma anche solo per capriccio o per vendetta, era diventata quasi usanza additare la persona odiata come, 'strega' o 'stregone'.

Dilagò un'isteria generale, andando oltre il minimo rispetto per l'essere umano: intere famiglie, compresi bambini, venivano torturate selvaggiamente e uccise molto spesso solo per espropriarne i beni. Il prezzo più alto fu pagato dalle donne, presunte streghe, accusate di intrattenere rapporti con forze occulte per ottenere poteri a danno degli uomini.

«Posso disturbarti?»

«Stefano...!»

Con un balzo sono giù dal letto incurante di far volare via i fogli e gli appunti su cui sto lavorando a gambe incrociate.

«... È da tempo che non ci vediamo, come stai?» Dico, mentre gli salto al collo.

«Bene, sto bene. Il babbo mi ha raccontato...»

Stefano ha un aspetto insolito, il sorriso mi sembra forzato. «Mi sono accampata a casa tua... Romolo non mi ha detto del tuo arrivo» spiego, pensando di aver invaso il suo campo, vista la sua espressione dimessa, inconsueta.

«Lui invece mi ha raccontato tutto. È straordinario quello che avete scoperto. Però, sui dettagli della donna non mi ha svelato nulla, pare che tu stia scrivendo la sua storia ed è top-secret far trapelare qualsiasi notizia, almeno per ora».

«Sì, sto riesaminando quello che abbiamo trovato, tutto il materiale che riguarda Angelica, i suoi studi, la sua storia d'amore, le varie vicissitudini, l'essere stata costretta a vivere nei sotterranei con la figlia. Stavo ultimando la lettura di alcuni suoi scritti».

«Costretta a vivere con la figlia nei sotterranei? Studi? Puoi svelarmi qualcosa o devo aspettare l'uscita del tuo libro?»

«Io e Romolo abbiamo un appuntamento con uno storico, collezionista di documenti processuali antichi, pare che sia anche in possesso di atti di processi per stregoneria. Desidererei che desse un'occhiata ai nostri, magari riusciamo a scoprire dettagli che ancora ci sfuggono. Vieni con noi, ti spiegherò tutto, con la promessa che leggerai comunque 'Lica la Papessa'». Sono sorpresa di me stessa per aver annunciato con tanta spontaneità a Stefano il titolo che ho deciso, solo durante la notte, di dare al libro e che non ho ancora riferito a Romolo.

«Lica la Papessa?» Chiede meravigliato Stefano.

«Sì! Lica era il nome con cui la chiamava sua figlia. La Papessa perché… la Papessa è l'arcano maggiore dei tarocchi che meglio la rappresenta, e poi il resto lo comprenderai leggendo il romanzo che le sto dedicando...»

«Ok! Ho capito. Verrò con voi, Fanny. Comunque grazie, volevo ringraziarti, hai portato una ventata di vita a mio padre. Da tempo non lo sentivo così motivato... Ora ti chiedo anche di aiutarmi...» Il suo tono diventa serio e mi turba. «Non sono venuto a caso, sono un messaggero di morte, Fanny».

L'entusiasmo nel mio cuore e anche sul mio viso cala. Ora sono io che ho un'espressione dubbiosa, ma anche di timore per quello che Stefano sta per dire.

«Mi dispiace, mi dispiace infinitamente per tutto e soprattutto per mio padre. Maurizio, mio fratello è stato trovato morto, la salma arriva fra qualche giorno. La comunicazione mi è arrivata due giorni fa, ho preferito riconoscere la salma prima di dirlo a mio padre».

«Perché? Perché? Perché?»

È l'unica parola che riesco a dire, imprecando con le mani verso il cielo mentre un nodo alla gola mi strozza e libero le lacrime. Pur non conoscendo Maurizio personalmente, la notizia mi tocca nel profondo.

«Perché si muore Fanny! Si muore anche per delle scelte di vita. Si muore per dolore o per debolezze e non solo per malattie o incidenti o di vecchiaia, si muore perché ci si lascia morire. Mio fratello è morto per overdose, sotto un ponte, in un paese straniero, solo, a trentadue anni. In obitorio era un numero, il 42».

Ci abbracciamo in una morsa stretta che vuole consolarci a vicenda, mentre sento che il nostro pensiero si accomuna per l'angoscia che la notizia darà a Romolo.

«Per oggi non diciamo ancora nulla a papà. Andiamo dallo storico e mi racconti tutto... è ovvio che leggerò il tuo libro. Nei prossimi due giorni troverò il modo di parlare col babbo. Prima che arrivi la salma troverò il modo, il momento. Scusa, scusa, scusa dello sfogo».

«Mi dispiace, mi dispiace, Stefano» ripeto con un filo di voce abbracciandolo nuovamente.

«Fanny andiamo? Stefano sei qui!?... Ti va di venire con noi? Magari al ritorno pranziamo fuori». Romolo si staglia alla porta della camera. «Scusate ragazzi, vi ho interrotto?... Vi aspetto fuori» aggiunge con un'espressione di evidente imbarazzo.

«Fanny mi stava appunto dicendo dello studioso... non hai interrotto nulla babbo. Vero Fanny?»

«Certamente!... Mi sono commossa nel rivedere Stefano a distanza di due o tre anni?...» Chiedo a Stefano, dando una pacca a mo' di pugno sulla sua spalla.

«Non so... anni? Sì, certamente anni che non ci vediamo! Ma ci siamo sentiti spesso in tutto questo tempo» risponde lesto Stefano. Siamo nel silenzio tutti e tre, immersi ognuno nei propri pensieri. Romolo è alla guida e io, che sin da bambina ho amato molto osservare lo scorrere del paesaggio dal finestrino, non ho nessuna intenzione di rompere la magia del momento. «Stefano, problemi?» Chiede dopo poco Romolo, rivolgendosi al figlio, che siede accanto a lui, e cogliendo me di sorpresa. «No, babbo, perché?»

«Devi aver lavorato troppo negli ultimi tempi, hai un viso stressato, stanco, anche pallido».

«Stanco, solo stanco. Allora, Fanny, mi racconti o no della Papessa?» Mi interpella Stefano, girandosi verso me, che sono adagiata sul sedile posteriore; è chiaro, non vuole parlare di sé.

«La Papessa?» Interviene Romolo.

Avvicino la testa in avanti tra i due sedili dell'auto, incrociando il bellissimo sguardo di Stefano mentre Romolo non distrae il suo dalla guida. «Allora... cosa mi sono perso?» Chiede ancora Romolo. Guardo lo specchio retrovisore e incontro i suoi occhi, ora. Hanno lo stesso sguardo.

«Stanotte ho deciso il titolo: Lica la Papessa. Cosa ne pensi?»
Avvicino la testa a quella di Romolo tanto che sento il profumo del suo dopobarba.
«Penso che La Papessa rappresenti benissimo Angelica Coenti e che tu sei... sei grande, Fanny. Mi piace. Sì, mi piace!»
«Bene. Ti racconto per sommi capi di Angelica Coenti, Stefano! I suoi genitori furono assassinati e lei fu presa in custodia da Gustavo Derus, medico, condottiere e inquisitore. Sin da piccola ebbe una inclinazione particolare verso gli studi, passione alimentata dallo stesso patrigno. Con il passare degli anni matura in lei l'esigenza di esplorare nuove conoscenze e il destino la instrada verso altre dottrine. S'innamora e fugge col suo amato in Francia, dove nasce sua figlia. È tra le vie di Lione che conosce il degrado e la sofferenza umana. Si accentua in lei la volontà di ricercare nuove tecniche per alleviare tanta sofferenza. È un periodo storico avverso per le nuove dottrine.
I suoi studi sono ampi, si indirizzano verso l'apprendimento delle proprietà di piante e l'osservazione quasi maniacale di tutto il mondo naturale; anche il minimo movimento di un insetto per lei è motivo di studio. Gli ultimi anni della sua vita li trascorre rintanata in un rifugio sotto terra, imposto dallo stesso Gustavo per proteggerla dall'Inquisizione. Sulla copertina di tutti i suoi quaderni di studio c'è scritto – **LA NATURA: IL BENESSERE FISICO E SPIRITUALE DEL-L'UOMO**. – Angelica fu una persona fuori dal comune, lo si evince leggendo le sue opere di studio che, ti garantisco, sono uniche. Questo però... è argomento per Lica la Papessa» affermo, infine, inarcando le sopracciglia.

Il nostro storico attesta l'autenticità dei documenti processuali dei condannati dall'Inquisizione in nostro possesso e ci comunica che in Italia questo genere di documenti sono una rarità e non perché, come si vuol far credere, ci siano state meno condanne che in altri paesi, che tuttora custodiscono interi archivi, ma solo perché in Italia le autorità ecclesiastiche dell'epoca ne ordinarono la distruzione. Probabile, secondo il suo parere, i nostri ritrovati erano stati conservati da persona autorevole che aveva accesso agli archivi di parrocchia. Questi chiarimenti ci convincono sempre di più che Gustavo era stato lui stesso un inquisitore.

È stato un incontro costruttivo, Romolo è soddisfatto e anche io lo sono. Stefano, che solo ora sta entrando nella conoscenza dell'argomento, è taciturno, ma ascolta, per lo meno si sforza di farlo. Lo scopro con lo sguardo nel vuoto, perso nei suoi pensieri e più di una volta Romolo cerca di renderlo partecipe al dialogo. Io, che conosco la sua verità, gli faccio dono dei miei sguardi complici, ben poca cosa, lo so. Vorrei abbracciarlo e chiedergli scusa se in questo posto stiamo parlando di altro mentre il suo animo è dilaniato. Cos'altro potrei fare? Romolo decide di fermarsi in una trattoria che troviamo lungo la strada. Siamo gli unici clienti.

Un uomo dall'aspetto vissuto, ma sobrio, ci accoglie con gentilezza e ci fa accomodare in una sala, ospitale, pulita, nell'insieme armoniosa per arredo e colori. Acconsentiamo, io e Stefano, alla decisione di Romolo di affidarci nella scelta della degustazione delle specialità della casa. Pranziamo nel silenzio interrotto da un paio di telefonate, che Stefano riceve, ma lui, dopo aver controllato il display del telefonino non solo non

risponde, con cenno seccato decide anche di spegnerlo. Romolo osserva, non si esprime ma è chiaro che si interroga sul comportamento fuori della norma del figlio, alla fine erompe:
«Mi chiedevo come mai mio figlio… mi onora… trascorrendo delle ore con il suo vecchio». Parla rivolgendo lo sguardo in alto, e poi continua sarcasticamente appoggiando la mano sulla spalla di Stefano. «Lui, che vive in fusione con il telefono, decide di spegnerlo...» Stefano alza lo sguardo dal piatto mentre inforchetta un pezzo di involtino di melanzana grigliata e ribatte:
«Non è vero, a volte spengo per giorni».
«Che io ricordi è la prima volta che ti vedo farlo!» Incalza Romolo. «È tutto molto interessante... a che punto siete con il resto dello scavo? Sono curioso di poter scendere per visitare le stanze in cui è possibile l'accesso. Tu ci sei stata, Fanny?» Svia, Stefano.
«Sono scesa e ho visto la stanza in cui Angelica ha trascorso l'ultimo periodo della sua vita, il resto no. Non è ancora in sicurezza poter accedere oltre. Vero, Romolo?»
«Sì. Stanno lavorando a rilento proprio per la messa in sicurezza dello scavo già effettuato. Non voglio incidenti di alcun genere, anche perché lì sotto c'è una sorta di labirinto».
Il locandiere gentilmente chiede se può offrirci un dolce, io preferisco prendere solo il caffè, vale lo stesso per Romolo e Stefano. Restiamo per un po' fuori dal locale, il tempo perché Stefano fumi una sigaretta.
«Non avevi smesso?» Chiede Romolo.
«Solo qualche sigaretta al giorno, babbo» risponde Stefano, appoggiandosi di spalle al fuoristrada del padre, prima di

cimentarsi con il telefono che prende dal taschino interno della giacca.

Romolo entra in auto e aspetta che anche noi siamo pronti a ripartire per il casolare, prima di mettere in moto. Facciamo un viaggio di ritorno silenzioso, tranquillo e senza fermarci. I cani ci fanno festa al rientro, Eva, scodinzolando, mi viene vicino rubandomi una carezza. «Fa le feste a Fanny piuttosto che a te, babbo! Non ci posso credere!» «Non faccio più caso... tra le due è nata una intesa a prima vista. Fa più festa a lei che a me, nonostante l'abbia accolta da cucciola».   «Solidarietà femminile!» Rispondo, coccolando maggior-mente Eva e strappando un sorriso a Stefano che mi aiuta con la cartella dei documenti fatti visionare allo storico.

«Nel tuo studio babbo?»

«Sì, grazie, lascia nello studio».

Mi congedo da entrambi per andare in camera mia.

Voglio mettere in ordine gli appunti della giornata. Quando ho terminato mi avvio in cucina per prendere una bottiglietta di acqua dal frigo, per la notte.

Stefano è seduto in cucina, ha i gomiti appoggiati sul tavolo e la testa tra le mani, è solo. In quest'atmosfera spenta e silenziosa prendo un bicchiere e mi verso dell'acqua, lui resta immobile.

Per non turbare la riverente quiete, mi muovo con delicatezza e non proferisco parola.

«Ho detto al babbo di mio fratello...» Dice dopo un po'.

Non ho parole, vorrei averne per consolare Stefano, ma non ne trovo, nel vagabondare della mia mente, e quelle che trovo le ritengo inutili e prive di senso. Resto in silenzio. Meglio il silenzio. Allungo la mia mano sulla sua folta capigliatura castana, poi esco dalla cucina per cercare Romolo.

Busso e apro ogni uscio invano, per poi dirigermi verso la porta principale, pensando che Romolo possa essere in giardino. Sono invasa da varie profumazioni floreali e da un silenzio pulito.

È una notte nitida, una di quelle notti che la luna regala quando è nel massimo del suo splendore. Non vedo Romolo, ma solo un'ombra, in lontananza. È certamente di uno dei cani, gli vado incontro. Mentre procedo, mi rendo conto che il cancello principale è aperto. L'imponente cancello principale è spalancato. Romolo mi aveva detto che era chiuso da tempo, chissà perché mai è aperto, proprio stasera? È il dubbio che mi accompagna mentre avanzo sino all'entrata della tenuta, affiancata da Fiocco, il maremmano bianco.

Guardando oltre il cancello distinguo l'ombra di Romolo: è accanto alla quercia, seduto sul masso dov'era quando l'ho conosciuto; l'altro cane gli è vicino come anche i due cuccioli, persino Eva non si allontana da Romolo. Gli animali avvertono il suo dolore.

«Fanny sei tu!?» Dice, sollevando appena la testa che fino a qualche istante prima aveva penzoloni, chinata verso il basso.

«Sì. Sono io» mi lascio cadere a cavalcioni a terra, al suo fianco.

«Mi ero ripromesso di aprire il cancello quando avrebbe deciso di tornare, glielo avevo anche detto. Lui aveva riso, con quel suo sorriso triste, dicendomi: *Dammi tempo, tornerò*. Hai mai visto un sorriso triste, Fanny? È spiazzante. Non sapevo più come e cosa fare per aiutarlo... mi limitai a guardarlo mentre andava, con la speranza nel cuore che decidesse di voltarsi. Non tornò sui suoi passi».

«Non voglio essere inopportuna, ma penso che l'aiuto si possa dare a chi lo cerca e lo accoglie. Parlo per mia esperien-za personale... ovviamente. Mia madre a suo modo, e nel massimo delle sue possibilità, voleva aiutarmi, ero io che non le permettevo di farlo. Le sue parole mi irritavano».

«Già, la mia sola presenza lo irritava. Con il fratello era in simbiosi, povero Stefano! È un duro colpo per lui. Eravamo una famiglia felice, non ci mancava nulla, amore, armonia e persino danaro. La madre mi rimproverava, in modo bonario ovviamente, perché li viziavo. Come si fa a non viziare i figli? Il loro sorriso, la loro felicità mi nutriva ed era stimolo di vita. Sono stati ragazzi responsabili che non mi hanno mai dato preoccupazioni. Certo Maurizio è sempre stato più introverso di Stefano. '*È come il nonno*', diceva mia moglie. Poi la malattia della madre, lo scandalo che ha coinvolto me, lo hanno reso terreno fertile per ogni sorta di malessere. Andò via in malo modo da qui dopo l'ennesima lite in piena notte. Mi prendeva in giro, era diventato bugiardo anche con suo fratello. Quella volta feci il duro. Mi chiese scusa, dicendomi che quella era la sua strada, quello che lui voleva. E io, o altri, nulla potevamo se non lo decideva lui. È quello che mi disse. Cosa dovevo fare? Spaccargli la faccia? Non sono mai stato una persona violenta. Non ho mai creduto di risolvere con la violenza. Volle andare via. Sperare era ciò che mi restava da fare, sperare e pregare. Dio sa! Poi ho iniziato ad aspettare, sentivo che sarebbe tornato. Fantasticavo il suo ritorno, spalancavo il cancello e lo stringevo a me congratulandomi con lui per la dura battaglia che aveva vinto. Ho aperto il cancello, è arrivato in silenzio, lui è già qui...»

Restiamo per quasi tutta la notte lì, lui seduto su quel vecchio masso e io a terra con la testa appoggiata sulle sue ginocchia, siamo entrambi nel baratro della sofferenza, quella che rende inerti.

Il mio rapporto di familiarità con Stefano e Romolo si è rafforzato. Sono anime meravigliose che hanno saputo accogliermi come una di famiglia. Con Stefano non mancano accese divergenze di opinioni, ma Romolo ha un suo modo quasi magico di placare i nostri spiriti e così alla fine ci ritroviamo a scherzare sui: *'Ma io volevo appunto dire...' 'In effetti ho capito male io... 'Esagero, ho esagerato, scusa Fanny...', 'Ma no, no, scusa tu, l'esagerata sono io.'* Per poi scoppiare in una risata riparatrice.

Stefano, avendo alle spalle l'esperienza di medico senza frontiere, ha dato origine all'Associazione "Maurizio Marini", un'associazione di volontari con servizi di assistenza completa per malati oncologici, realizzando così il sogno di Maurizio, prima che la droga lo intrappolasse. Dopo il funerale del fratello, ha deciso di non partire più e si è stabilito con il padre. Parte del casolare è stato adibito per i turisti, la parte più antica espone al pubblico tutto ciò che è stato trovato durante gli scavi della chiesa dove, dopo mesi di lavoro è stata trovata anche la tomba di Angelica Coenti e della sua figlioletta. Gli scavi sono ultimati, ma non è ancora possibile l'accesso ai visitatori, il tragitto sotterraneo è lungo e non ancora in sicurezza, ma Romolo spera che presto si darà il via al varco anche nel sotterraneo. Al momento già in tanti affluiscono alla chiesetta. Il sentiero a piedi è stato migliorato e ci sono delle guide addette all'organizza-

zione del cammino. Nel programma del percorso verso la chiesa c'è la sosta all'altare che fu un tempo, dove si racconta la vicenda della piccola Agata Marinelli. Dal casolare alla chiesa, Romolo ha voluto omaggiare principalmente le tre figure femminili, martiri di un destino così crudele, ma in realtà tutto il percorso è di preghiera per le donne vittime di violenze. Ha delineato i confini del bosco e, con solenne cerimonia, ha realizzato quello che un tempo era il Bosco del tesoro e poi il Bosco delle sparizioni con l'attuale Bosco Donna.
I proventi vanno a fondi beneficiari che si occupano a largo raggio di ogni genere di fabbisogno al femminile.
Non bisogna vivere per se stessi, siamo missionari, missionari di benessere verso il prossimo. È l'epigrafe che Romolo ha fatto scrivere sulla targa in marmo esposta all'entrata della tenuta. In tutto questo andirivieni di gente, ovviamente Romolo ha riservato un'ala del casolare stretta-mente privata. «Fanny ricordi quante volte ci siamo ripromessi di andare a cena assieme? Mai che siamo riusciti a conciliare il giorno giusto!» Dice Stefano con l'accenno a un sorriso che pian piano è riaffiorato sul suo viso. La morte del fratello lo ha segnato, è stato come se si fosse aperta una voragine che lo ha risucchiato… so di cosa parlo, conosco quel dolore.
«Veramente! Se ci penso! Com'è bizzarra la vita. Ora ho la nausea di cenare, pranzare e fare la colazione con te!» Gli dico abbracciandolo, ironicamente.
«Si dice così? Ragazza ineducata!» Risponde al mio sfottò, proseguendo. «Allora, terminata la rilettura di Lica la Papessa?»
«No. Non ancora. È che ci sono dei contenuti che voglio approfondire. Anzi, sono in crisi, Stefano».

«Come potrei aiutarti? Non conosco l'argomento... il mondo esoterico non mi ha mai attratto».

«O forse lo hai scansato!» interviene Romolo, sopraggiungendo in veranda. «Il mondo esoterico non è quello che ci hanno educato a credere, impregnato di demoni o fattucchieri vari. È un mondo di profonda essenza umana fatta di conoscenza. Perché in crisi, Fanny?» Ora si rivolge direttamente a me, con tono di sostegno. «Dimmi!... Come posso aiutarti? Talvolta basta una parola per sbloccare e far emergere quello che sembra inesistente, ma è racchiuso in noi».

«Vorrei approfondire proprio la tematica dell'esoterismo di Angelica Coenti, vorrei usare il massimo rispetto per i documenti che ci ha lasciato, nello stesso tempo sono combattuta perché resta inteso che devo esporre sì, ma in modo velato, *la verità* non è *per tutti,* come lei stessa scrive. Il tutto non è semplice, Romolo!» «Sì! Immagino, non è facile, mi faresti leggere i punti in cui sei ferma?»

«Certo che sì! Vado a prendere gli appunti, non muovetevi di qui, torno subito» esprimo entusiasta.

Avrei voluto chiedere io stessa l'ausilio di Romolo, ma vedendolo indaffarato in mille cose, non ho osato e ora sono al settimo cielo. Avrà mica ragione Angelica Coenti quando afferma che ci sono delle energie conduttrici dei nostri desideri, le quali, se giuste per il percorso personale di vita, ci aiutano a realizzarli. Sembra così semplice questo pensiero, eppure non lo è. Ci metto poco, in un lampo sono nuovamente sul terrazzo con il manoscritto, trovo la pagina e indico a Romolo il punto da cui vorrei che iniziasse a leggere per poi dargli modo di indicarmi gli accorgimenti da apportare. Romolo in materia è arguto, dando un'occhiata alla sua biblioteca si intuisce anche il perché.

«Fanny, preferirei leggerlo dall'inizio, ti dispiace?»

«Certo che no. Non volevo toglierti troppo... tempo!» Rispondo in tutta sincerità.

«Il tempo? Parli a me di tempo, Fanny? Cos'è il tempo? *Togliermi del tempo,* dici!? Ho vissuto così tanti anni con la corsa al tempo, che ho imparato ad avere sempre tempo per quello che voglio. Sì! Il tempo c'è. C'è sempre, basta volerne avere. È questione di volontà». Mi fermo a osservarlo e cerco di elaborare le sue parole sul tempo nella mia mente: mi portano spedita ad Angelica Coenti. Infatti anche lei ne ha parlato per un intero capitolo, in uno dei suoi manoscritti, soffermandosi sulla trappola che l'illusione tempo crea nell'individuo, sempre più in corsa, lei che viveva in un'epoca in cui tutto andava a rilento rispetto ai nostri giorni. Eppure, già sentiva nell'aria che la frenesia del tempo stava prendendo troppo l'essere umano, a discapito della sua stessa natura. Lei invitava a fermarsi e a stare con se stessi almeno un po' ogni giorno. Fermarsi, è una parola che ha usato più delle altre e in tutti i testi. L'alchimista Angelica, prima di ogni cosa consigliava di fermarsi e a chi rispondeva: *Non posso,* lei soleva dire: *Se giungesse un malanno, devi.* Esprimo la mia riflessione a Romolo e Stefano. Tutti e tre sappiamo quanta verità c'è in quelle parole. Dopotutto, ognuno di noi sa che il non *fermarci* ci ha tolto la possibilità di vivere più intensamente rapporti ed emozioni, mancanze che oggi lasciano un magone sulle nostre coscienze. Restiamo in silenzio, sommersi ognuno nelle proprie riflessioni. È Stefano che rompe il silenzio chiedendo:

«La Coenti era una strega o cosa?»

«Un'alchimista. Se fosse nata in quest'era, Angelica Coenti sarebbe sicuramente una grande chimica. Insomma, fu una di quelle menti geniali che il periodo in cui ha vissuto ha preferito condannare a morte. Oggi le avrebbero attribuito un ambito premio» risponde Romolo. «Babbo, come dire che è nata in un'epoca sbagliata per la donna che era».

«Certo che sì, Stefano! Se raccontassimo la vita di Angelica agli adolescenti di oggi, cosa penserebbero secondo te?»

«Non so, sempre ammesso che ne troviamo di interessati a conoscere la vita di questa donna. Si trattano, forse, dico forse, con troppa superficialità argomenti del genere tra i giovani! Tu che ne pensi, Fanny?»

«Penso che se hai ragione tu non venderò copie di "Lica La Papessa" tra i giovani» è la mia risposta di getto. Poi divento riflessiva e continuo: «Comunque, a mio parere, sono gli adulti che devono portare i giovani a incuriosirsi a questi o ad altri temi formativi simili, con metodi opportuni. Non sono un'insegnante e neppure una sociologa, ma si perdono troppi giovani per mancanza di curiosità sana, che in loro è innata. Mia madre lo diceva sempre: i giovani bisogna renderli curiosi verso quello che è costruttivo». Mi fermo di colpo. Per la prima volta focalizzo che in me ci sono delle nozioni di mamma.

Mai avrei pensato di averne, quelle parole mi sono venute fuori così spontanee, che mi lasciano pensierosa.

«Tutto bene Fanny?» Romolo si rende conto del mio sconcerto.

Faccio un cenno affermativo con un sorriso mozzato.

«Tua madre aveva ragione. Noi adulti dovremmo metterci in discussione sull'argomento».

Il mio cellulare squilla... non conosco il numero, rispondo. Ascolto il mio interlocutore in silenzio. Mi sorprende il mio comportamento, non regalo scontrosità e rabbia nella risposta come ho sempre fatto, certo la chiamata mi snerva, ma riesco a contenermi come mai prima d'ora.

«Grazie, non ci sarò, non credo in queste farse cerimoniali, preferisco ignorare la sua chiamata. Buona serata».

Chiudo. Sento addosso lo sguardo di Romolo, ma anche di Stefano che mi interroga.

«...25 anni dall'assassinio di mio padre... mi hanno invitata alla cerimonia di commemorazione». Lascio il telefonino sul tavolo.

«Ho da fare, non mi riguarda» dichiaro infine guardando prima uno e poi l'altro. È il mio modo di porre un punto definitivo alla telefonata. «Non devi a noi delle spiegazioni, Fanny! Fa' quello che ti detta il cuore» interviene Romolo, mentre Stefano inarca il sopracciglio in segno di impotenza.

«È una questione di logica, non di cuore» affermo prima di ritirarmi in camera e non prima di aver dato la buonanotte a entrambi.

Romolo vuole che conosca un maestro spirituale indiano.

Oggi sarà ospite al casolare dove terrà un discorso ai suoi allievi, una trentina di persone che a loro volta portano il messaggio del maestro in giro per il mondo. Sono arrivati a scaglioni e si sono accampati nel cortile: chi in tenda, chi con sacco a pelo.

Per la vita che riescono a condurre considero tutti loro persone eccezionali. Ieri ho conosciuto Carima, una slava trentenne, che da tre anni è della comune. Conduce una vita da girovaga, talvolta si unisce ad altri, ma la maggior parte del tempo viaggia da sola sostenendosi di provvidenza e opere caritatevoli.

Carima è una bella ragazza, dall'aspetto può apparire fragile e delicata, ma ha una forza d'animo e volontà eccezionale. Io non capisco come alcune persone riescano a sopportare tanto dolore. Davanti a un fuoco che ha acceso lei stessa, mi ha raccontato che aveva sedici anni quando è stata brutalmente avviata alla prostituzione.

È passata da una gang all'altra, venduta come un oggetto; è vissuta in svariate nazioni e conosce varie lingue; sul corpo ha i segni delle brutalità ricevute, tra cui una cicatrice al braccio fatta da un'arma da taglio; ha avuto quattro aborti quando ancora non aveva preso coscienza e, per lei, abortire significava riposo per qualche giorno, niente freddo per le strade, nessuna paura; poi due aborti, subiti contro la sua volontà e infine, quando nuovamente si accorse di essere incinta, chiese aiuto ad un centro. Nel centro stava bene, nacque la bimba che chiamò Alba, come la suora che amorevolmente l'aveva accolta. Dopo mesi fu contattata da una vecchia amica... si fidò, non pensò minimamente a un inganno. Per salvaguardare l'amica non lasciò detto al centro che andava ad incontrarla. Tanti anni di strada e tormenti non erano bastati ad insegnarle dove può arrivare la cattiveria del genere umano. Lei si sentiva sicura, oramai la vecchia vita era morta, ma non sapeva che era lei a non essere morta per la "vecchia vita", che covava vendetta e doveva colpirla, come esempio per tutte le altre.

Tra i ricordi le è rimasto quel senso di gioia, quando in lontananza, nel parco, riconobbe l'amica che aveva alzato il braccio per salutarla. È quello che pensò subito, ma durò un attimo poiché man mano che si avvicinava poté udire: *Popegov, Cari! Popegov, Cari! (Scappa, Carime! Scappa. Carime!).*

Qualcuno la colpì e poi sempre più forte, ma lei sentiva solo il pianto della bimba. Si svegliò in ospedale dopo giorni dall'agguato, intontita, dolente. Una donna le porgeva domande, una poliziotta. Le fecero vedere la foto tessera di una ragazza, la riconobbe, era la sua amica, poi seppe che era morta. Le hanno tolto la figlia. Non sa dove sia.
«Prego per lei» mi dice infine, con gli occhi sgranati nel vuoto, privi di lacrime. Ho ascoltato e non ho osato dire o chiedere nulla. Alla fine del suo racconto, in un italiano corretto, ma pronunciato con cadenza straniera, mi ha lasciato un sorriso, di quelli delicati quasi a voler chiedere scusa per il racconto della sua vita così disgraziata. Non sono riuscita a chiudere occhio stanotte. La storia di Carima mi ha lasciato tanta amarezza che non sono ancora riuscita a smaltire. Eppure in lei c'è una forza misteriosa, forse solo quando si raggiunge la disperazione totale che tocca anche l'anima si può accedere a tale forza, oppure giunge come dono. Sono i miei pensieri, mentre i colori dell'alba riempiono la stanza.

Tic... tic... tic!... Cincia oramai è puntuale e anche mattiniera: becca il suo biscotto sbriciolato sul davanzale e prima di andare picchietta per un po' sui vetri, una delle tante magie di questo luogo. Mi avvicino alla finestra, la vista è quella di un giardino in fiore con colori e sfumature inimmaginabili per bellezza... Osservare questo paradiso terrestre mi allieta un po', anche se il pensiero va dall'altra parte del palazzo dove sono accampati in tanti, ognuno con il proprio carico di vissuto. Tra loro c'è Carime, nel suo sacco a pelo. Chissà se dorme, chissà se riesce a sognare sua figlia che non vede da quattro anni, chissà che fine ha fatto Alba.

«Ho lasciato ogni cosa al centro, i suoi vestiti, i suoi giochi, le sue foto, lì sono al sicuro, a me bastano i ricordi che ho nel cuore che nessuno potrà mai togliermi».

Le sue parole mi ritornano alla mente, il mio sguardo si allarga verso la bellezza dei colori che la natura stamattina mi dona, quasi volesse predominare e vincere su tutte le altre brutture che sovrastano i miei pensieri.

DOVE ATTINGERE TANTA FORZA

«Fanny, buongiorno!»

È il saluto di Romolo che si affaccia alla porta della mia camera già spalancata da un bel po'.

«Vieni ad aiutarmi?»

«Buongiorno Romolo! Arrivo».

Avevamo già stabilito anche con Stefano, che stamattina avremmo preparato e offerto colazione a tutti. Mi sento estraniata stamane, ma mi dirigo comunque verso il capanno. Sono convinta che il rendermi utile agli altri mi farà stare meglio. La maggior parte degli ospiti è sveglia, alcuni parlano tra loro altri sono in meditazione. Scruto in lontananza Carime, seduta a gambe incrociate in disparte: sta in meditazione. Romolo nota il mio sguardo verso la donna:

«Ieri sera ti ho vista con lei».

«Sì, mi ha raccontato... non ho chiuso occhio. È così triste la vita per alcuni». Romolo continua a sistemare in ogni busta due sandwich e una bottiglia di acqua per ognuno degli ospiti e li sistema sul banchetto posto accanto alla panca, sotto l'albero di fico. Stefano si occupa della distribuzione della frutta, io offro fumanti tisane. Dall'altro lato, a qualche metro da noi, c'è il gazebo dove si tiene l'incontro. Il maestro spirituale parla con molta calma e con sorriso placante. Resto esterrefatta quando annuncia di volere iniziare l'incontro leggendo dei versi di una autrice che conosco, che ho letto in altri tempi, trovandola noiosa, ma ora riesco ad apprezzare.

IL CAMMINO IN SALITA

Nell'ora lesta
è il silenzio che governa
e si ascolta lontano
il canto degli uccelli in volo.

Dolce il nuovo giorno
di un'era priva del gallo
e del suo canto.
Dolce il nuovo giorno
dell'alba a primavera
quando il freddo mattutino
ti dà voglia di scaldarti ancora un po'.
Dolce il nuovo giorno
dal buon umore ignaro dell'avvenir nelle sue ore.
Dolce il nuovo giorno di speranza.

Se avessi tale virtù,
vorrei su tela imprigionarlo...
allungando la mia mano
per affidarla all'Antico Uomo
e uniti nel cammino
avviarci verso l'arcobaleno.
L'Antico Uomo non può
che regalar pezzi di vita sua,
 vissuta pagata e riscattata.
È ben risaputo che nessuna
esperienza raccontata
è bene accetta
se non vissuta.

"Ognun vuol vivere il suo,
libero come il vento
che spira
piacevolmente o
impetuosamente.
Delfini dallo sguardo dolce
e amichevole
che amano muoversi sfarzosi
nell'oceano sconfinato della vita.
Diffidenti, leggeri
ognun si avvicina
a ciò che non conosce.
Spontanei nei modi,
solare nell'essere,
coraggiosi per costume,
impauriti per natura.
Tutti un po' figli e un po' padri.
Taluni destinati a divenir squali
altri a rimaner delfini e
altri distrutti e sopraffatti."

L'antico uomo inutilmente sussurra,
ma sussurra ugualmente ad ognuno,
qualcuno udirà la sua voce conduttrice.

"... Non temere la violenza delle onde,
lasciati andare
non con supremazia
senza dimenarti
lasciati trasportare
e non perdere mai il tuo fine."

Io ti ascolto... continua.

"Ognuno nasce ignaro e quindi libero.
Accolti da menti non più libere,
cresciuti nell'ombra
di un soffocato passato
di chi ci ha amato da subito e
addestrati a propria immagine:
con amore.
Le prime reazioni
son chiamate: capricci,
con il tempo: disubbidienze
con lo scorrere degli anni: ribellioni
per finire in "carattere".

Chi più, chi meno,
chi peggio, chi meglio
è così che ognun cresce.
Accompagnati da menti non più libere
…sempre con amore.

Madri indaffarate e deluse,
padri in corsa per lavoro,
insegnanti con poca passione
o devozione e di parte,
preti sempre più unicamente
predicatori noiosi e per anziane col rosario.
È così che ognuno cresce
accompagnato da menti non più libere
… sempre con amore.
Il bimbo è divenuto uomo.
Affollato con sue e altrui paure

con suoi e altrui giudizi e pregiudizi...
quante scelte fatte in virtù di tutto ciò.

È lì, proprio sul nascere
che la libertà diventa un'illusione.
Come ogni popolo ha
conquistato la propria libertà
con guerre e il suo tanfo di morte
e di dolore e atrocità
così ogni animo dovrà
ferirsi continuamente
risanarsi continuamente,
morire per risorgere...
un tantino migliore
e migliore ancora.
Il senso della vita
tanto ricercato qual è....!
Se non questo."

Il volo controvento di una tortora
mi distrae dall'ascolto.
Cosa mi vuoi dire,
amica con il tuo canto
e il movimento tuo sospeso?
So che il dire tuo è più sensato
del mio stilare.
Se sapessi ascoltare la natura e tradurre
il suo assordante silenzio
e la sua fievole voce,
avrei le risposte che mi mancano...
...dura un attimo la mia distrazione.

"L'uomo nasce puro
nell'animo e nel corpo
il vivere lo contamina.
L'animo è sempre più dolente
e il corpo
è divenuto obeso di avere.
Tanto più avrà
tanto più conoscerà
i più bassi livelli
dell'infelicità e
dell'inquietudine,
dell'egoismo,
del malessere e
di ogni male.
Bestia infettiva
ha contaminato l'intera umanità.
L'essere è l'animo
imprigionato nel corpo
fatto ormai di solo avere.
Dio liberi l'animo!".

Vorrei che la mia mano
fosse guidata dalla schiera
degli angeli Tuoi,
per poter trovare
le giuste parole
che esattamente esternino
il dolore che
leggo nei suoi occhi
nella consapevolezza
che le sue parole
non vanno oltre l'udito.

"Liberaci da un corpo che impone il peccato.
 Liberaci
come il San Fraticello dell'umiltà e della letizia,
si liberò degli abiti suoi,
provocando scandalo tra la gente
e dolore ai suoi cari.
Scandalo... dolore...
in un'epoca dove tali lemmi avevano valore.
Quanto cara costa la Santità,
possibile a tutti ma non per tutti."

Guida il palmo.
Fa che partorisca parole,
quelle magiche
mai scritte per il secolo mio
che trascinino gli animi
verso l'arcobaleno.

    "Ogni cellula dell'essere è infettata d'avere"

Fa di me un seme.
Seme che arrivi
ad addolcir cuori divenuti malvagi.
Cuori mangiati dal maligno
che alimenta di avere
traendo l'essere.

Quant'è straziante
sentirsi impotenti, di fronte
le autodistruzioni.
Ma io

chi sono per voler accarezzare il mondo intero?
Non ho mani per me stesso.
Non ho armi per lottare.
Ho una penna
e lo scorrere di parole, vorrei...
arrivassero lì... ovunque servano
come una carezza
ma un abbraccio risanante.
Le mie battaglie son perse,
spezzate e spazzate
come foglie al vento.
Son foglia tra tante foglie.
Dopo aver ornato
con grazia la mia pianta
non voglio divenir solo concime.

Se pur consumata,
la candela
della speranza
è accesa
e il cuor mio
ardente spera
che prima dell'ultima
fioca fiammola
possa la foglia
diventar seme.
Se avessi questo dono.
Stupendo spegnersi
sapendo
di riuscire a
sopravvivere
alla morte terrena.

"L'amore! Anche l'amore
infettato d'avere.
Ogni rapporto è avere.
L'uomo con l'avere
si è plasmato,
originando il suo marciume.
Non è il potere della mela
a distruggere,
è il voler possederla
che ha cancellato
l'arcobaleno dei colori dell'essere.
L'avere
con il suo grigiastro
ha affumicato persino l'innocente goduria.
Tutto è stato scritto, letto,
riletto e mai appreso
Siamo divenuti
figli dell'essere schiavo d'avere.
Vi esorto a tornar ad essere pietra grezza
lavoro questo assai faticoso
ma possibile.
È la pietra grezza
che custodisce nel suo interno
i germogli ma alcuni,
i più fragili possono divenir quelli del male.
Ora che conosciamo sia il bene che il male
con questa sapienza
torniamo a divenir pietra grezza,
estirpando quei germogli fragili
sì che nessun'epoca futura
possa rifar nascere il male.

È follia la mia,
follia di un vecchio
che esaspera
purché
il minimo venga inteso
e dia i suoi frutti nelle generazioni avvenire.

Nate da esseri
privi di conoscenze interiori
e ricche di conoscenze tecnologiche.
La nostra salvezza è nel far passi indietro.
Non si diventa uomini
da un giorno all'altro ...
potrebbe non bastare una vita per esserlo."

Gran secolo di ipocrisia il mio.
Si parla di pace e le guerre primeggiano.
Si parla di aiuti e dilagano furti.
Si parla di diritti e si son persi diritti e doveri.
Non sarà meglio non parlar più di nulla?
Rimanere in silenzio...
Raccoglierci nel silenzio...
Come l'uomo antico va dicendo:

"Dove pensi possa condurti
questa sfrenata e
affannosa
quanto inutile corsa?
Siedi.
Regalati un attimo della tua vita...
... osserva il cielo...
Inesorabile bellezza eterna.

Ascolta il nobile silenzio.
Raccogli profumi...
colori che distratto mai hai raccolto.
Ora
scendi da scrutatore
nella profondità
del tuo animo
sradica tutto ciò che di vano l'ha colmato.
Rendilo candido
infantile come fu.
Fermati
regalati un attimo della tua vita poi ...
riprendi la tua corsa."

Dopo aver letto, in un'atmosfera di silenzio sacrale, è seguita una lunga pausa prima che il maestro riprendesse la parola per seguitare ad analizzare i concetti fondamentali espressi dal testo. Ognuno ascolta con impegno, pochi prendono appunti, tra me e Romolo furtivi sguardi mimano apprezzamento e concordia su quanto ascoltiamo. Io stessa, facilmente distraibile anche dal volo di un insetto, resto piacevolmente incantata nell'ascolto, non trovo dissonanze, anzi mi lascio trasportare dai commenti del maestro, dalla rilettura dei frammenti di testo che man mano sono approfonditi e che come un'eco, che mi avvolge da mesi, mi riporta sempre a un'unica parola *fermarsi,* e a un unico concetto, *armonizzare con la natura.* Per un attimo mi distraggo, incontro sul mio campo visivo Carime e mi chiedo come possa sostenere il fardello della vita che ha vissuto senza impazzire.
Dove attinge tanta forza? Quale mano invisibile l'affianca, sostenendola?

Il mio sguardo volge e indaga gli altri componenti del gruppo, reclamo la loro storia, se è più o meno dura di quella di Ca-rime, ammesso che ci possa essere qualcosa di più terrificante.

Oltre Carime ho conosciuto Giuseppe, trentacinquenne laureato in Economia e Commercio, ex funzionario di banca.

Dopo aver perso la moglie e il figlio in un incidente stradale ha scelto di dedicare la sua vita affiancando le famiglie che perdono i propri cari in incidenti stradali, e ha dato origine ad un'associazione dal nome *Gli angeli con noi*. La maggior parte di questa gente ha un dolore che squarcia l'animo e aiutare il prossimo è diventato per loro sostentamento per continuare a vivere, trasformando così un campo arido di dolore in un campo fiorito.

Non riesco più a seguire il discorso del maestro, la mia mente vaga senza meta spaziando su frasi, pensieri, parole, visi, luoghi. È vero! Per tutto c'è una domanda, ma non per tutto c'è una risposta. Il maestro spirituale indiano ha lasciato un'atmosfera acquietata. Anche Stefano, come me, è raccolto.

Insieme sistemiamo ogni cosa, che è servita all'organizzazione, prima dell'imbrunire.

«Ti porto con me, nel mio cuore» mi ha detto Carime, offrendomi un sorriso dignitoso e leale, e lasciandomi navigare nel suo occhio occhiazzurro mare, che ha fissato nei miei, quando salutandomi ha stretto con forza la mia mano con entrambe le sue.

NON PATTINERÒ MAI PIÙ

Un guasto alle tubazioni e l'esigenza della mia presenza mi hanno portata in gran fretta a casa di mia madre, casa che ho ereditato dopo la sua morte. Non ero tornata da allora. È passato quasi un anno. Il tempo corre. Ho delegato un amico di famiglia finché ho potuto, anche per effettuare il trasloco delle poche cose che mi appartenevano, dall'appartamento che avevo in fitto, a casa di mamma. Troppo dolore laggiù, mi ero ripromessa di tornarci dopo l'uscita del romanzo.

Non ho mai pensato di mettere su una vera e propria casa, tutta mia. Ora tuttavia, ne avevo una da curare. Le tubazioni erano saltate, andavano sistemate, come anche il bagno e parte della pavimentazione.

Stefano mi ha accompagnata per aiutarmi nella scelta da fare, dato che non capisco nulla del campo, ma anche per non lasciarmi sola. La sua presenza è stata di ausilio per la sistemazione della casa, ma anche per affrontare con meno tristezza l'angoscia che avevo lasciato qui.

Stefano ha preso di mira una mia foto delle elementari, credo che fosse della seconda, che mia madre aveva incorniciata e sistemata proprio nell'ingresso e ha iniziato a canzonarmi subito, per via delle treccine e dei denti da latte caduti, lasciando una voragine. Avevo percepito subito che era il suo modo di soccorrere la mia emotività e, quindi, stavo al gioco. Durante il viaggio Stefano ironicamente mi ha detto:

«Chissà se sarà geloso di me l'uomo di cui ti innamorerai».

«Chissà se sarà gelosa di me la donna di cui tu t'innamorerai» la mia risposta. «La donna di cui sono innamorato, non lo è. Garantisco!» Aveva replicato con tono sarcastico, un tono quasi naturale, tanto che non ho capito se parlasse seriamente o meno. «Bene! Magnifico!» Ho proseguito stando a quello strano gioco di parole. «Quando me la presenti?»

«Presto!» Quest'ultima sua risposta mi ammutolisce incalzando la mia curiosità.

Un discorso aperto e chiuso, rimasto così, senza seguito.

Stefano è la persona più discreta che io abbia conosciuto. Mi chiedo quali siano i pensieri che gli passano per la mente mentre siamo in cucina a sorseggiare il tè che ho preparato. Abbiamo trascorso il pomeriggio in giro per showroom di bagni e alla fine abbiamo trovato quello che, per qualità ed estetica, secondo il nostro parere, era il meglio che offriva il mercato.

«Sei stanco?»

«Un po' sì! È stata una settimana piena, ho dormito poco». esprime con tono affaticato mentre adocchia il divano.

«C'è la camera degli ospiti». Neppure mi fa finire di parlare che è già sul divano.

«No. Va bene qui».

Mi dirigo in camera da letto della mamma per prendere una coperta. Era sua consuetudine stiparle nella cassapanca di nonna Adelaide, che le zie avevano fatto restaurare per donarla alla mamma dopo la morte della nonna, dato che ci teneva ad averla. Mi arresto sull'uscio, dopo aver acceso la luce.

Il pensiero che molti oggetti sopravvivano alle persone a cui sono appartenuti è tremendo. L'armadio contiene gli indumenti della mamma e il suo corredo; la foto del matrimonio in bianco e nero è sul comò, nella stessa cornice di sempre. Qui c'è la testimonianza della sua vita. Mi chiedo cosa farne di tutta questa roba. Mi tornano in mente le parole di Carime: *A me bastano i ricordi che ho nel cuore.* Prima o poi dovrò decidere se disfarmi o vivere tutto quello che questa casa contiene. Prima o poi, ora non è tempo per nessuna delle due decisioni. Devo aspettare. Prendo la coperta ed esco.

Stefano dorme, osservo i suoi lineamenti... è quello che si può definire un bell'uomo. Cerco di immaginare la donna di cui è innamorato, deve essere bellissima, oppure no, l'amore è cieco, dicono. Sono stanca, ma non ho sonno; decido di sistemare i cartoni del trasloco e che mi hanno lasciato nell'ingresso, poca roba, soprattutto libri, riviste e cianfrusaglie varie, roba che avevo nell'appartamento, che mi ha ospitata per qualche anno e, per dirla tutta, alcune neppure ricordavo di averle. Sistemo il tutto in gran fretta. Ogni cosa al suo posto. I libri con i libri, le riviste con le riviste, il vestiario lo metto da parte, per portarlo poi in camera mia.

Mi soffermo a sistemare ciò che resta, cianfrusaglie varie, documenti da conservare e altro da cestinare. Talvolta immagazzino tutto, ma inesorabile arriva il giorno in cui butto ogni cosa senza pensarci troppo. Stasera sono piuttosto magazziniera. Anche se per alcuni oggetti è sacro per me sapere che ci sono, che hanno un posto, come il mio primo e unico diario, regalo di mio padre per la mia prima elementare, che ora adocchio tra i tanti libri, per via del suo colore rosa confetto, nel ripiano chiuso, sottostante la libreria.

Dopo un attimo di esitazione, lo sfilo tra gli altri libri. Faccio piano, Stefano dorme e non voglio disturbare. Sono anni che non apro il diario, anche se ricordo, come fosse ieri, le ultime parole che scrissi... da allora non ho scritto un rigo né mai l'ho aperto, pur sapendo che era qui. Un rumore mi allontana da questi pensieri.

È Stefano: girandosi, il divano ha prodotto uno strano cigolio, non voglio che si svegli. Sistemo meglio domani, penso tra me e me.

Non pattinerò mai più. Non pattinerò mai più.

È questo che scarabocchiai sull'ultima pagina del diario, il giorno dopo il mio compleanno. Porto nella mia camera, al piano di sopra, ciò che voglio conservare. Nessuno l'ha riordinata, è come l'ho lasciata prima di partire. Il letto sfatto, qualche carta sul comodino, persino l'involucro della barretta di cioccolato di Claudio. Ripulisco il comodino e vado a fare una doccia. Il getto dell'acqua che accarezza piacevolmente la pelle porta via con sé lo stress della giornata e lascia un massaggio benefico su tutto il corpo. È piacevole, restare sotto lo sgorgo tenue e tiepido.

Mi avvolgo nel sontuoso accappatoio che trovo in bagno e mi dirigo verso l'armadio, apro entrambe le ante, di solito la mamma sistemava i pigiami nel terzo cassetto, è meccanico, il mio gesto che apre proprio quello... sono lì, nessuno li ha rimossi. L'armadio è in ordine, un ordine che non mi appartiene, non riesco a tenere niente di ordinato nella mia vita. Osservo l'interno, pantaloni, maglioni, giacche, tutto sistematicamente ordinato, cose che non metto da anni. C'è ancora il vestito dei miei diciotto anni, un regalo di Claudio.

«*Niente jeans per i tuoi diciott'anni, voglio vederti fasciata da un abito elegante e femminile*» *mi dice euforico.*
«*Sei matto? Io con un vestito?*»
«*Dai! Ne ho visto uno bellissimo. Lo indossi per me?*» *Lo indossai per lui.*
"*Chissà se mi entra*", *penso, e intanto l'ho già indossato.*
Non sono ingrassata, anzi forse ho qualche chilo in meno, mi guardo allo specchio e sorrido. Sono carina. Ma non lo indosserei mai più. Tutto ha il suo tempo.

«Dov'è?»
«Dio mio Stefano! Mi hai spaventata!»
«Scusa! Scusami tanto! La porta era aperta. Ma dov'è?»
«Dov'è chi?» urlo spaventata.
«La Fanny! Quella un po' maschiaccio che ho conosciuto, che ne hai fatto?» Mi chiede ancora, con espressione ironica.
«Ma sei scemo?» Gli urlo contro.
«Girati. Non guardarmi. Devo infilarmi il pigiama. Mi spaventi».
«Dov'è? Dov'è?» «Stavo provando un vecchio vestito...»
«Non volevo spaventarti, non ti ho mai vista...»
«Non mi hai mai vista, non mi hai mai vista? Che idiozie!»
«Scherzavo! Stai benissimo! Sei una Fanny da capogiro vestita così».
«Ma figurati! Ho finito, puoi girarti» dico con tono irritato.
«Ti sei offesa? Dai Fanny, scherzavo!»
«Quindi, sarei un maschiaccio secondo te?»
«Ma no, scherzavo. È che il vestito fa più donna, hai un bel corpo

e... insomma stavi bene, ti ho fatto un complimento. Il mio voleva solo essere un complimento».

«Sono scomodi e poco pratici. Cosa volevi?»

«Volevo chiedere quale bagno posso usare». Ora usa un tono con un tocco di rammarico.

«Scusa. Dimenticavo. Questo della mia camera, puoi usare questo». Ho un tono amareggiato.

«Comunque, ero sincero...» Continua lui.

«Sì, sì... Non preoccuparti» l'interrompo sul nascere.

Lui entra in bagno, mentre io mi infilo a letto.

Sento scorrere l'acqua della doccia e intanto penso che, nonostante la mia reazione plateale, il complimento di Stefano mi ha fatto piacere, è da tanto che un uomo non mi rivolge attenzioni simili. Sono questi e simili i pensieri che mi accompagnano nel dormiveglia. Sento Stefano uscire dal bagno, si avvicina al letto, la sua mano sfiora i miei capelli, è una leggera carezza, e poi passi lievi che si dirigono fuori dalla mia stanza.

Restiamo per un paio di giorni a casa di mia madre. La zia ci ha invitati a pranzo. C'è un cerimoniale che è consueto in famiglia. Io sono la trasgressiva dopotutto, gli altri componenti compresi i miei cugini sono rigorosamente tradizionali e conducono *vita regolare*. La zia è alquanto felice di vedermi in compagnia di Stefano, so quello che pensa e spera, a nulla vale se affermo decisa che è un amico e niente di più.

Stefano dal canto suo appare soddisfatto dell'attenzione che tutti gli rivolgono e nelle risposte che dà alle loro domande, sembra persino divertito all'idea di alimentare i pensieri della zia. In più di un'occasione gli lancio sguardi che l'ammoniscono. La zia ha invitato proprio tutti per l'occasione. Ha curato ogni dettaglio del pranzo, si è adoperata al massimo per farmi sentire un'ospite d'onore. La sua è sempre stata una viva e attenta presenza nella mia vita. Dopotutto, per lei sono la figlia che non ha mai avuto, come mi ha sempre detto, lei mi ha seguita più della mamma in ogni tappa della vita, è stata mia complice, mi ha sempre difesa, capita e assecondata nelle mie stravaganze, alimentando anche parecchie gelosie da parte dei miei cugini nei miei riguardi.

Sono la nipote viziata per antonomasia e nello stesso tempo la nipote sfortunata, cresciuta senza padre.

«Per la verità, essendo entrambi figli unici, mia madre e mio padre, non ho mai partecipato a tavolate così movimentate e festose» mormora Stefano.

«Io le odio».

«Non si riesce mai ad apprezzare ciò che si ha come ciò che ci manca» dice ancora Stefano, con molta calma e fissando il suo sguardo sul mio. «Lo diceva sempre la mamma».

Non riesco a mantenere il suo sguardo, abbasso la testa e cerco qualcosa da fare con le mani.

«Aveva ragione» mormoro mentre cerco indaffarata in borsa il nulla, è solo un modo, il mio, di sottrarmi al suo sguardo.

Mia cugina cerca di attirare in tutti i modi le attenzioni da parte di Stefano, fluttuando dinanzi a lui con una maliziosa minigonna e inopportune frasi fatte, finché è la zia che l'al-lontana da noi, assegnandole una mansione da svolgere. Ma prima che vada, Stefano chiede l'attenzione di tutti, gettando-mi nel panico. Non mi aspettavo nulla di simile da parte sua. Solo quando chiede di farmi gli auguri perché è imminente la pubblicazione del mio romanzo, tiro un sospiro di sollievo e focalizzo la mia soddisfazione nel sentire le sue parole. È vero, ero riuscita a terminare Lica La Papessa e anche a ottenere l'appoggio di una grossa casa editrice.

«È un successo assicurato, pubblicare con loro» aveva affermato Romolo quando gli avevo dato la notizia.

Mi sento soddisfatta di me come non lo sono mai stata, tutti lo sono nell'ascoltare Stefano; la zia mi abbraccia commossa, so quello che vuole dire, ma spero nel suo silenzio.

"La mamma non sta condividendo questa gioia con noi."

Lo so, zia. Lo so, ma non dire nulla, Dio fa che non dica nulla."

Non dice nulla, comprende che non c'è bisogno di dire, basta un abbraccio.

OGNUNO HA UN COMPITO NELLA SUA VITA

«La buonanima di vostro nonno diceva sempre che se i suoi ortaggi non erano armonici e belli da vedere era perché erano al naturale, nessun concime, solo come Dio comandava l'annata, ricca o misera. Avvoca'! È vero! Questi pomodori li vede un po' ammaccati e bruttarelli, ma sono genuini, sono gli ultimi! Quest'anno è stata una mal annata, ha piovuto poco e in tempi sbagliati. Però il sapore...! Quello no! Poi mi saprete dire. Vi saluto, avvoca'!»

Il vecchio contadino saluta così Romolo, mettendo in moto il motocarro e perdendosi alla nostra vista nella via, oltre il buio della sera, mentre il rumore del motore resta ancora e si dilegua lasciando la sua eco sempre più morente. Nonostante l'età avanzata, ancora lavora la terra e con tanta fierezza vende i suoi prodotti. Intanto io e Stefano scendiamo dall'auto.

«Ragazzi, ben tornati. Tutto bene?» Romolo alza il braccio e ci viene incontro. «Tutto bene babbo. A te qui?» Io lo abbraccio lieta. «Anche qui tutto bene.

Stanca?» «Più che stanca, un po' stordita! Ci vediamo dopo. Se non mi addormento!» Dico, prendendo la mia roba e entrando in casa. Il viaggio di ritorno con Stefano è stato piuttosto silenzioso. Non è da noi restare in silenzio, di solito abbiamo sempre argomenti su cui confrontarci, controbattere, insomma abbiamo sempre qualcosa da dire. Oggi non è stato così, hanno preso il sopravvento i nostri pensieri, impadronendosi di noi. La mente è così indipendente, talvolta ti prende e ti porta via senza neppure fartene rendere conto.

È vero, Stefano mi ha detto che presto conoscerò la donna di cui è innamorato.

Quindi?

Perché queste sue parole mi tornano e restano nella mia testa?

Non è il mio uomo.

Dovrei essere felice per lui.

Gli voglio bene.

Neppure è il mio tipo.

Sono gelosa?

Impensabile.

Allora perché questo mio stato?

Però!?

Quanto è bello!!!

C'è qualcosa che non voglio ammettere neppure a me stessa?

Paura?

Sì!

Una tremenda paura.

La vita insegna questo, dunque? Ad avere paura?

La vita può anche insegnarmi ad avere paura, ma io devo affrontare queste paure.

Non posso farmi soffocare da loro.

Quanto male dovrò ancora farmi prima di imparare?

Ma imparare cosa?

A non vivere?

Io voglio vivere.

Io voglio vivere.

Questi e altri stracciati pensieri mi accompagnano nel sopore di una notte tormentata da vecchi e nuovi tarli.

Nulla si dissolve.

Tutto ti scorta.

Angelica Coenti, la sua storia, la sua vita, le sue ricerche sul benessere, è tutto molto vivo in me. Come anche la storia della piccola Agata. Quella di Alessia. Quella di Carime. Tutto questo aleggia su di me questa notte, come un cielo grigio.

L'unica chiarezza che spacca ed emerge dal grigio di questo manto di pensieri come un urlo è la vita. La vita, vista come energia, inquilina maestra di un corpo che si abbandona presto o tardi, come abito smunto che resta e aleggia per anni, secoli, finché trovi letizia e pace che la portano verso la più elevata luce della purezza. Mi alzo e appunto questi miei disordinati pensieri notturni, e anche altri, la notte è sempre stata amica e fedele ispiratrice. Rifletto a lungo e mi rendo conto di quanto io sia stata fortunata. Fortunata e ingrata. Mi concentro su quello che non ho, o mi manca e non mi soffermo mai a godere di ciò che ho. Dopotutto è questa la vera essenza della vita, sapere apprezzare quello che si ha, quello che si è, e crescere e perfezionarsi.

Vivere l'attimo... e vada come vada. Getto sulla tastiera del pc vari concetti simili, di cui molti, sicuramente, saranno eliminati agli albori del nuovo giorno. Perché io sono così, Penelope della scrittura. Sono immersa nello scrivere quando sento delicatamente bussare alla porta. È Romolo. Mi ha portato una tisana. Non riuscendo a dormire ha pensato di preparare una bevanda calda. La luce della mia camera, filtrando sotto la porta, lo ha indotto a prepararne una anche per me.

«È ai frutti di bosco, come piace a te. Ti aiuterà a conciliare il sonno» afferma con tono sommesso, quello che viene fuori così naturale nel silenzio della notte da diventare un mormorìo.

«Grazie Romolo» rispondo a voce bassa, sinceramente grata di quel gesto così generoso.

Ne sorseggio un po'. Alzo gli occhi e lo osservo in viso, mentre gli chiedo come mai è ancora sveglio.

«Accade che talvolta io non dorma».

Allora gli chiedo se qualche pensiero lo turba.

«Nessun pensiero in particolare. Tu piuttosto, non sei stanca del viaggio? Come mai ancora sveglia? Sistemato ciò che dovevi? A casa intendo!»

«Sì, ho sistemato, grazie anche all'aiuto di Stefano. Romolo, tu conosci la fidanzata di Stefano?» Mi azzardo a chiedere, pentendomene quasi subito.

Meglio se fossi stata zitta, penso, *ma ormai è detta.*

«Ha una fidanzata?» Chiede a sua volta con aria meravigliata.

«Da quando?» Ecco, ora sogghigna.

«Non so da quando, mi ha solo detto che presto mi presenterà la donna che ama. Pensavo che tu la conoscessi».

«Stefano è riservato. Ora che ci penso, non mi ha mai parlato di faccende di cuore. Aveva un dialogo più aperto con la madre, con il fratello. Loro erano un trio perfetto. Io sono stato piuttosto latitante, poco costante in famiglia. Gli eventi della vita ti correggono e cerchi di recuperare. *La via maestra della vita non conosce scorciatoie e ti conduce prima o poi dove deve, con scarpe e piedi consumati.*» «Sai, Romolo, da poco ho fatto mio un pensiero di mia madre attraverso la bocca di un'estranea, ora

che non c'è più. La mamma lo avrà detto a me in mille modi, quando non avevo orecchie per ascoltare, alla fine è arrivato. *Ognuno ha un compito nella vita.* È questo il pensiero. Tutto si concilia affinché venga svolto. L'universo con tutte le sue forze, si mobilita affiancando i pensieri di ognuno che talvolta collaborano e altre sviano, affinché si giunga all'ambita meta».
«Meta!» Interviene Romolo. «Che potrebbe essere la stessa consapevolezza di se stessi appresa durante il percorso».
Il mio sguardo verso Romolo con sorriso compiaciuto manifesta la mia approvazione.
«È stato bello essere qui, mi ha arricchita tanto, anzi ha messo sottosopra la mia vita, dandole un senso. Grazie di tutto». Esprimo a Romolo con sincerità, liberando la mia commozione in un sentito abbraccio.
Romolo mi accarezza in viso e mi dice:
«Hai portato tanta luce in questo posto e nella mia vita. Sono io a ringraziare te... Comunque, per dirla tutta, non credo che Stefano abbia una fidanzata. Forse è innamorato, questo può darsi, anzi comincio a credere che lo sia. Sì! Negli ultimi tempi ha un atteggiamento un po'... svampito, da innamorato. Sì, sì, può essere, sì... È esattamente un anno oggi, anzi ieri, data l'ora!» Afferma ora con la gioia negli occhi, spiazzandomi.
«... Che ho conosciuto una sprovveduta ragazza, che voleva trascorrere qualche giorno nella quiete della campagna! Domani brinderemo al nostro incontro! Ora cerca di riposare. Buonanotte, cara» dice infine uscendo e chiudendo la porta della mia camera.

È trascorso un anno da quando, sbattendo la porta del mio vecchio appartamento, sono arrivata, con tanta rabbia dentro, in questo posto. Quasi lo dimenticavo. Non dimentico, invece, cos'è domani, anzi oggi data l'ora, come dice Romolo. Tutto il mio essere non lo dimentica, pur volendo, ogni malessere viene fuori. Una sveglia biologica scatta imperterrita.

Il suono di un clacson mi sveglia.
Oramai c'è parecchio andirivieni anche in questa oasi.
Vado in cucina per fare colazione, vista l'ora sono sicura che in casa non c'è nessuno. Infatti, sia Romolo sia Stefano sono usciti. In cucina un meraviglioso fascio di rose con tanto di biglietto mi accoglie. *Buongiorno piccola, non prendere impegni, non sparire, andiamo a pranzo fuori. Benvenuta nella mia vita. Romolo.*
Resto per un po' ad osservare le rose, mentre leggo e rileggo il biglietto. Istintivamente prendo il telefono per chiamare Romolo.
Sopraggiunge un pensiero violento.
Mi blocca. Mi immobilizza. Mi soffoca.
Rivivo una scena di anni addietro, quando appena sveglia scartai il regalo di mio padre e lo chiamai gioiosa per ringraziarlo. Mi sforzo per distrarmi da questo pensiero. Non è facile.
Vengo inebriata e avvolta dalla fragranza delle rose. Cerco un vaso. Lo trovo. Riempio per metà il vaso di acqua. Sistemo le rose. Hanno una tonalità di rosa velato e vellutato.

Respiro il loro profumo che è forte, ma non mi infastidisce, anzi è piacevole. Riprendo tra le mani il biglietto. Prendo il telefonino e invio un messaggio a Romolo.

Grazie. Non sparirò. Bentrovato a te.

Oggi sono nata. Oggi è stato ucciso mio padre.

«Fanny! Sei Pronta? Dobbiamo raggiungere il babbo... mi ha detto che ti aveva avvisata!... Fanny, sei in camera?» Stefano urla entrando in casa.

«Sì. Sono in camera».

«Posso entrare?» senza attendere risposta è già in camera, la porta è aperta.

«Allora? Che fai lì alla finestra? Hai sentito quello che ho detto?»

«Ho sentito. Ho sentito» rispondo mentre osservo come sono vestita, e chiedo a mia volta.

«Edizione maschiaccio. Vado bene per l'occasione?» «Se va bene per te! Certo».

«Allora il tempo di indossare le scarpe, infilarmi la giacca e andiamo» dico in modo tranquillo, un tono che mi sale spontaneo quando sono raccolta nei miei pensieri che non sono né di terra, né di cielo, ma restano vaganti e volano, portandomi con loro, non hanno dimora, semplicemente spaziano e io spazio con loro.

«Tutto bene, Fanny?» Chiede ancora.

«Sì! Arrivo».

Un rumore che non so identificare, come un'eco assordante, uno stridìo, un vociare inconsueto porta nuovamente la mia attenzione verso la finestra, è un rumore che arriva dal cortile, di questo sono sicura. Mi affaccio e vedo i rami degli alberi pieni di uccelli, che svolazzano in modo irregolare, si alternano tra gli alberi e il prato, prato e alberi, emettono strani versi, non è il solito cinguettio. Si uniscono e disgiungono in piccoli stormi svolazzanti tra gli alberi, alcuni si fermano e sembra che aspettino, altri si alzano in volo agitati come se si disponessero, arrivano altri piccoli stormi, sembra un raduno.

Non riesco a distaccare lo sguardo. Intanto mi sistemo la giacca, chiudo la finestra ed esco a passo veloce, mi dirigo fuori, non ho mai assistito a niente di simile e non voglio perdere nulla di tanta meraviglia.

«Stefano, Stefano, perché tanti uccelli? Sono nuvole di uccelli...» Grido sbalordita.

«Sì... In tanti anni non ho mai visto nulla di simile. Credo che si stiano radunando per migrare. Sono rondini».

Entrambi abbiamo il viso verso il cielo e seguiamo con lo sguardo il volo di gruppi che si diramano e si compattano, in terra e poi in cielo e sugli alberi; anche i cavi elettrici sono pieni di rondini, si muovono in sincrono alcuni, altri no, generando un suono fatto di versi e non solo, lo stesso volo così compatto crea un certo fragore sui rami degli alberi non del tutto spogli.

Sembra che si apprestino a innalzarsi in volo, ma puntualmente si raccolgono sui rami degli alberi e per terra e garriscono.

Stefano, come me, è affascinato. Ne arrivano altri. Il cielo su di noi si adombra a tratti per poi schiarirsi. Cala il silenzio. Sono tutti fermi e silenziosi. Io e Stefano restiamo in attesa sbalorditi.

A un tratto, dopo qualche secondo di totale silenzio, scoppia uno spettacolo artistico della natura, inimmaginabile.

Suoni, grida, danze e decori in chiaro scuro si elevano. Un meraviglioso volo unanime di tre gruppi si innalza e si intreccia creando magici giochi di forme in un cielo timidamente soleggiato di fine settembre, una marea di volatili vibra, dando il senso più ampio di libertà, di unione.

Quel volo perfetto disegna in cielo l'infinita bellezza della natura, quella che lascia senza fiato. Così restiamo io e Stefano al termine di questa esibizione pura. «Non ho filmato. Peccato» dico con rammarico, ancora con la testa su.

«Non ci ho pensato neppure io. Siamo stati colti impreparati» risponde Stefano disincantato.

«Già! La natura... che bel regalo ci ha riservato stamane».

«Allora, andiamo? Sei pronta?»

Senza rispondere sono già in macchina.

«In definitiva, sei il mio autista». Stefano sorride.

Una donna talvolta deve stare un passo indietro all'uomo, è bello affidarsi di tanto in tanto. È inconsueto per me, ma devo ammettere che mi fa stare bene.

«Ci pensi ancora!? Devo averti proprio offeso. Volevo solo farti un complimento... sulla storia del maschiaccio».

«Certo che mi hai offeso e ci penso, sì che ci penso, anzi ti dirò di più... Mi hai destabilizzata».

«Mica dirai sul serio!?»

«Certo che no. Dai, andiamo. Metti in moto!»

Prima di partire si sofferma a guardarmi ancora un po', ma senza dire altro. Pensa di sicuro che sono proprio matta.

«Resti uno dei maschiacci più affascinanti che abbia mai conosciuto». Lo fulmino con lo sguardo e lui:

«Ho capito!... Andiamo».

Mette in moto e partiamo, io metto le cuffie e mi immergo nella musica della mia play-list addolcita dalla scia dello spettacolo cui ho appena assistito, ma anche dalle parole di Stefano. Ho il potenziale per amplificare sempre tutto in bene o in male. Il poco basta ad allietarmi o a inabissarmi tristemente. Decido di sforzarmi di essere meno acida con Stefano, dopotutto è sempre stato gentile e disponibile con me, io poco con lui. La mamma rimproverava spesso il mio comportamento sempre in attacco, è sempre stato una mia difesa spontanea, mi riprometto che cercherò di non esagerare. Tra canzoni e pensieri vaganti mi rendo conto che abbiamo oltrepassato da un bel po' la trattoria dove di solito pranziamo. «Ma dove andiamo?»

«Siamo quasi arrivati. Presto troveremo un edificio giallo, è lì il posto». «Ci sei già stato?»

«Sì. Ci sono stato» è la risposta lapidaria. «Il babbo ci portava spesso in questo posto! Ti piacerà, ne sono sicuro». Intanto giungiamo all'edificio giallo di cui ha parlato Stefano.

Un'enorme struttura, è un centro commerciale. *È strano*, penso. *Romolo non ama la cucina di questi posti*, ma non dico nulla a Stefano. Resto in silenzio. È lui stesso che dà una risposta. «C'è un ristorante con ottimi piatti di pesce proprio affiancato al centro commerciale. I titolari sono una coppia di amici del babbo, di vecchia data». Romolo è fuori che ci aspetta, è alle prese con il cellulare e vedendoci arrivare ci viene incontro. «Stavo per chiamarvi...» sorride mostrandoci il cellulare.

«Siamo stati trattenuti, infatti! Scusaci per il ritardo, babbo».

«Siamo stati trattenuti da uno spettacolo bellissimo, Romolo.

Abbiamo assistito alla partenza delle rondini dal casolare. Mai visto niente di simile. Una emozione bellissima». «Peccato che tu non ci fossi». Si rammarica Stefano. «Ho assistito anni fa alla partenza della migrazione... fu un giorno speciale» afferma Romolo con malinconico sorriso, guardandomi in viso dichiara: «Oggi è il tuo giorno speciale».

Prendo sottobraccio lui e Stefano e ci dirigiamo al tavolo accompagnati dal cameriere.

L'ambiente è piccolo, ma molto elegante. Un signore di bassa statura, imbiancato dall'età, ci viene incontro a passo lesto, saluta amichevolmente Romolo; tra i due c'è lo scambio di un abbraccio fraterno e un sussurro di frasi convenevoli, sostenuto da sguardi profondi e complici, poi lo stesso, che da quello che ho inteso è il proprietario di una catena di ristoranti, saluta Stefano.

«Questa bellissima signorina è senza ombra di dubbio Fanny Grunt, dunque!»

Io, come richiede un saluto, mi avvio per la stretta di mano, lui afferra la mia con entrambe le sue:

«Sono onorato di averla qui! Ignazio Carinelli».

Poche situazioni mi spiazzano e mi lasciano come un'ebete senza reazioni, ecco questa è una di quelle.

«Grazie...» riesco a pronunciare «... l'onore è mio».

Che stupida sono! Penso. *L'onore di che? Neppure so chi sia!*

L'uomo continua a guardarmi, anzi a fissarmi e allora chiedo.

«Mi scusi! Ci siamo già incontrati in qualche altra occasione?»

Il nome non mi dice nulla e non mi sembra di averlo mai incontrato prima d'ora. Lui sorride.

«Sì, anni fa» risponde. «Anni fa l'ho tenuta tra le mie braccia, signorina. Martin, suo padre, è stato mio grande amico, siamo cresciuti assieme tra avventure e disavventure di gioventù. È stato un vero amico» dice, infine, con vena malinconica.

Annuisco senza chiedere nulla o dire altro.

Negli anni ho incontrato parecchi amici di mio padre o presunti tali. Sono cresciuta nell'astio, nella diffidenza della gente che si definiva 'amica'. Mia madre mi ha sempre detto che papà era una persona riservata, con pochi amici, ma veri, e si potevano contare sulle dita di una mano. A pelle ho percepito che quest'uomo era realmente stato un amico sincero di mio padre. Lui nota il mio disagio perché inizia a parlare con Romolo e Stefano del pranzo che ha fatto preparare per noi, mentre io con la mente sono altrove e le pietanze, se pur le assaporo, non riescono a liberarmi totalmente dai tarli del momento. Sono presente, ma poco partecipe ai discorsi. Dentro di me, uno strano travaglio mi attanaglia.

È il mio primo compleanno senza la mamma. Odio questo giorno, ma la telefonata di mia madre è sempre stata immancabile. Penso intanto che osservo il cellulare.

«Fanny, aspetti una chiamata?» Chiede Stefano, vedendomi armeggiare con il telefono.

«No!» È la risposta secca. Ci sono giorni che come la notte fanno riemergere quello che gli impegni diurni nascondono. Implacabili convivenze con cui scendere a compromessi. Convivere con le mancanze delle persone che hai amato non è facile. La vita va avanti. «Mi permette di farle un omaggio, signorina Grunt?» Chiede Carinelli. Alzo lo sguardo dal piatto.

«Complimenti, è tutto molto buono… Certo, grazie».
L'omaggio è una foto che ritrae me neonata tra le braccia di mio
padre.
«In questo periodo ero in California e Martin mi inviò questa
foto, legga dietro, è scritto di suo pugno: *Ti presento la mia
principessa, Fanny. Martin Grunt.* Anche se ha delle copie della
foto questa con dedica è certamente… UNICA».
«Non ho una copia, è la prima volta che vedo questa foto. Grazie
infinite… grazie!»
La mamma era riuscita a raccogliere delle foto dai parenti, ma
tante andarono bruciate.
Dopo qualche settimana dall'assassinio di mio padre, la casa
dove stavamo, quella da cui andammo via quasi scappando
l'indomani del mio compleanno, fu saccheggiata e incendiata,
non restò nulla. Nulla del passato spensierato.
«Che bimba paffutella! Guardando questa foto… hai i lineamenti
di tuo padre» dice Stefano avvicinandosi a me.
Sento che vuole proteggermi dalle mie turbe, nessuno può, lo so
bene, ma in quel preciso istante qualcosa scaturisce in me e mi
rincuora. Il contatto della sua mano sulla mia per vedere meglio
la foto mi dà calore. C'è magia, in quel tocco. Meglio scappare.
«Scusate, torno subito».
Sono nell'antibagno a raggruppare le forze emotive, in attesa che
arrivi l'abito del sorriso da sfoggiare brillantemente con
Romolo, con Stefano, con Carinelli. Ho la foto tra le mani,
quando arriva Stefano sulla soglia.
«Resti lì?» Non ricordavo papà con quel viso, il mio ricordo
sfocato è di un papà stempiato e robusto, quello tra le mani è un

papà più giovane, diverso, diverso anche dalla foto di matrimonio esposta in camera da letto di mamma, questo è un ritratto spontaneo e vivido.

«Arrivo, arrivo!... Stefano».

«Abbiamo un appuntamento. Non voglio fare tardi. È tra mezzora» dice ancora, con tono serio.

«Scusa, ma non sapevo. Non mi hai detto nulla. Con chi abbiamo un appuntamento?»

«Come!? Non ricordi?»

«Non ricordo! No! Cosa dovrei ricordare?»

Lui è fermo sull'uscio e io di fronte, sempre nell'antibagno, abbastanza distanti. «La donna che amo... abbiamo un appuntamento con lei» sostiene con fermezza; e se ne va.

Resto inebetita per una frazione di secondo. Per quanto sia confusa, una cosa del genere non mi sarebbe mai passata per la testa. Impossibile che l'avessi dimenticato. Ci metto poco e torno in me, esco dal bagno e mi dirigo al tavolo dove sia Romolo sia Stefano sono seduti. Con me porto un costume rafforzato, quello per tutte le occasioni e anche per conoscere la donna di Stefano. Tutt'a un tratto sono forte.

Stefano ha un atteggiamento inquieto, inizio a odiarlo.

Si decide, dunque, di avviarci al centro commerciale, la cui struttura, scopro, è di una società con a capo Carinelli, che non è un ristoratore come avevo pensato, ma un grande imprenditore e anche tra i più grandi benefattori dell'Associazione Maurizio Marini. I pensieri che mi sovrastano sono molteplici: il più martellante è che ipoteticamente il ricco industriale abbia una figlia, potrebbe essere lei la fidanzata di Stefano.

Boccio dopo poco questa ipotesi perché Romolo lo avrebbe saputo di certo. C'è, comunque, qualcosa d'incognito nel-l'aria che inizia a snervarmi, e, quando Romolo e Carinelli si avviano verso la parte opposta alla nostra, scambiandosi sguardi complici con Stefano, sbotto: «Posso capire che sta succedendo?» «Perché? Che succede?» è la risposta-domanda di Stefano, quasi a proclamare innocenza. «Vieni. Andiamo» e mi prende la mano per rassicurarmi.

«Ma dove? Dove andiamo?» Chiedo, usando un tono più pacato. Non risponde. Mi esorta con lo sguardo.

Mi arrendo. Lo seguo senza fiatare oltre. Ci fermiamo din-nanzi ad una grande porta vetrata. Stefano la apre, mi tira dentro.

«È buio! Stefano ho paura!» La sua mano mi lascia.

«Stefano!» Si è allontanato da me. Non vedo nulla. È buio pe-sto. Mi giro di scatto, la luce di un riflettore illumina una panca alla mia destra. L'istinto mi indirizza verso la panca su cui è sistemata una scatola, un regalo.

L'atmosfera creata mi tranquillizza, mi astrae da ogni pensiero, creando una lieta curiosità.

«Stefano! Cosa hai architettato?» Chiedo ad alta voce, intanto che sono arrivata alla panca. Mi siedo e scarto il pacco che ho trovato. Sorrido. È un pacco nel pacco. C'è una busta. L'apro. Leggo.

Sento la necessità di presentarti la donna che amo.
Sto aspettando da troppo tempo.
Mettili e vieni da me. Stefano.

Qualcosa di meraviglioso inizia a sgorgare dentro di me. Apro l'altra scatola, contiene una custodia, ma questa fa capire chiaramente quello che racchiude.

Come fa Stefano a conoscere questa storia? Mi chiedo.
Cosa importa ora?
Mettili e vieni da me.
Mettili e vieni da me.
Mettili e vieni da me.

Li ho indossati e neppure me ne sono resa conto. Ora tutti i fari sono accesi. La pista è completamente illuminata. Riconosco le prime note di una tra le più belle canzoni d'amore di Vasco 'E...' Inizio a volare con queste note sulla pista di pattinaggio tutta per me, non vedo Stefano, ma so che c'è. Ho innalzato il mio volo e vibro leggera. Sono rondine tra le rondini. Sento la presenza di altri spettatori incorporei che mi incitano.
Apro gli occhi, Stefano è sulla pista, sorride, pattiniamo assieme. Ci fermiamo. Mi abbraccia. «È questa la donna che amo. Buon compleanno, Fanny». Ogni giorno è buono per rinascere.

RINGRAZIAMENTI

R ingrazio mia figlia, per la sua preziosa collaborazione. Il mio pensiero va, comunque e sempre, a chi ha saputo, anche nel silenzio, ispirarmi.

Grazie, Franca

BIOGRAFIA *Franca Canitella*

Franca Canitella, poetessa e scrittrice vive ad Altamura, in provincia di Bari. Si è interessata di marketing e nei suoi libri ha affron-tato temi crepuscolari e introspet-tivi e temi legati all'emancipazio-ne femminile. Il suo primo libro "La Camelia Bianca" è già alla terza ristampa.

Pubblicazioni:

La camelia bianca (romanzo)
Funny Grunt (romanzo)
Lica la Papessa (romanzo
Sfumature in versi (poesia)
Mare Magnum (poesia)

Sommario

IL PROGETTO ETICO DI AUREA NOX

AUREA NOX è un progetto etico collettivo nato in rete nel Maggio 2021 da un'idea di Grazia Velvet Capone che ha ideato e realizzato anche tutte le elaborazioni grafiche. Il nostro comune Ispiratore è stato ed è Franco Battiato, musicista e maestro. Le energie creative del gruppo confluiscono nella collana-esperimento evolutivo chiamata **AVALON - Terra Sacra**: un luogo letterario dove gli autori si confrontano con un tema comune. È nata così l'idea di creare una pubblicazione ritmica, legata alla ruota dell'anno, adatta a tramandare forme-pensiero di profonda e assoluta ricerca evolutiva. Una virtuale unione di intenti.
Un Seme che diventi Quercia.

Di seguito ecco le altre collane editoriali

- **BEE BOOK SII UN LIBRO - Collana per bambini**
- **SEVEN DOORS - Sviluppo spirituale**
- **BREVIS - Saggi e Racconti brevi**
- **LYRA - Poesia**
- **HELOQUENCE - Diari, Romanzi, Manuali**
- **TRIBAL - Viaggi, Magia, Territori**
- **AUREA MAGISTRA - Percorsi storici**
- **DIAMANTI AUREI – Poesia d'elite**
- **CUORE INDIeGENO – Lingue minori, etnie**
- **BIOlive - Testimonianze dal vivo**

Un sentito ringraziamento al direttivo del Progetto e ai vari gruppi di lavoro dedicati, che hanno profuso le loro preziose energie a beneficio della nostra comunità di Autori e di una magnifica Idea Viaggiante
Per contatti, richieste e collaborazioni:

Mail: aureanox@libero.it
Gruppo Facebook Aurea Nox Scrittori – Editori

www.ingramcontent.com/pod-product-compliance
Lightning Source LLC
Chambersburg PA
CBHW020921160726

47993CB00005B/2074